JOVENS Chefs

O INCRÍVEL DESTINO

DOS IRMÃOS PORTOLUNA

© 2021 – Todos os direitos reservados
GRUPO ESTRELA
Presidente: Carlos Tilkian
Diretor de marketing: Aires Fernandes

EDITORA ESTRELA CULTURAL
Publisher: Beto Junqueyra
Editorial: Célia Hirsch
Coordenadora editorial: Ana Luíza Bassanetto
Ilustrações e Projeto gráfico: Estúdio Versalete
Revisão de texto: Luiz Gustavo Micheletti Bazana

Dados Internacionais de Catalogação na Publicação (CIP)
(Câmara Brasileira do Livro, SP, Brasil)

Tozzi, Caio
  Jovens chefs : o incrível destino dos irmãos Portoluna / Caio Tozzi. -- Itapira, SP : Estrela Cultural, 2021.

  ISBN 978-65-5958-010-1

  1. Gastronomia 2. Reality shows (Programa de televisão) 3. Superação - Literatura infantojuvenil I. Título.

21-79728   CDD-028.5

Índices para catálogo sistemático:
1. Literatura infantojuvenil 028.5
2. Literatura infantil 028.5
ALINE GRAZIELE BENITEZ - BIBLIOTECÁRIA - CRB-1/3129

Proibida a reprodução total ou parcial, de nenhuma forma, por nenhum meio, sem a autorização expressa da editora.

1ª edição – Três Pontas, MG – 2021 – IMPRESSO NO BRASIL
Todos os direitos de edição reservados à Editora Estrela Cultural Ltda.

Rua Municipal CTP 050
Km 01, Bloco F, Bairro Quatis
CEP 37190000 – Três Pontas/MG
CNPJ: 29.341.467/0002-68
estrelacultural.com.br
estrelacultural@estrela.com.br

Caio Tozzi

JOVENS *Chefs*

O INCRÍVEL DESTINO
DOS IRMÃOS PORTOLUNA

UM

Ajo por intuição.

É, confesso que não sei muito bem a razão de algumas escolhas que faço, mas as faço. Até porque, na maioria das vezes, acredito que elas terão sentido, mesmo que isso só seja percebido muito tempo depois. Como sou corajoso, coloco minha conta em risco. E, falando a maior das verdades, nunca me arrependi de qualquer ato meu.

Por isso, posso dizer com a maior das convicções que não foi por acaso que os olhos por trás dos óculos de haste vermelha daquele menino cruzaram com o imenso globo luminoso. O objeto passara despercebido no ir e vir de tanta gente desde que se encontrava lá, intocável no alto da velha estante. O pobrezinho nem imaginava que tipo de local era aquele, uma loja que só vendia coisa antiga.

Érico trajava um uniforme que parecia de outro tempo também: camisa polo creme com o distintivo da escola no peito e bermudinha marrom acima dos joelhos. Estava paralisado em uma rua quase sem movimento no centro de São Paulo, lá para os lados do Largo do Arouche. Passava por aquele lugar todo santo dia, era caminho da escola — que ficava perto da Consolação — para o ponto do ônibus que levava ele e o irmão para casa, nos Campos Elísios. Mas foi apenas naquela ocasião, não antes nem depois, que sua atenção foi despertada pelo objeto.

Ficou por um tempo encarando-o, enquanto um homem barbudo, cujos olhos brilhantes podiam ser encontrados pelos mais atentos na escuridão do local, deliciava-se com sua figura simpática — sua graça ainda se completava pelo cabelo dividido ao meio, milimetricamente penteado com gel, como a mãe gostava.

Joca gritou para o irmão da esquina, perto da comprida barra de ferro estancada no chão onde o ônibus faria a parada. De acordo com seus cálculos, a condução estava prestes a chegar.

— Érico! — exaltou-se, olhando para trás. — Vem logo, meu!

Achou estranho o fato de ele estar estático diante da vitrine. Imaginou que estivesse reparando, de repente, na própria imagem, embora não fosse dado àquele tipo de vaidade. Curioso, voltou alguns passos e encarou o estabelecimento. Bem em cima da porta leu a placa: "Antiquário do Nicolau". Intrigado, vasculhou o cenário para descobrir o motivo da imobilidade de Érico. Conferiu os móveis expostos, como uma antiga escrivaninha, talvez dos anos 1960, uma poltrona com estofado estampado com figuras de odaliscas, um cachorro de cerâmica que tentava se passar por um de verdade, além de uma luminária um tanto modernosa que parecia ter sido colocada ali indevidamente.

"Imagine se eu tivesse um desse..." — pensou o menor em voz alta, sem notar a proximidade do outro.

Joca encasquetou-se com a fala e ficou curioso sobre a que Érico se referia. Pelo reflexo, mirou na direção para onde os olhos do irmão apontavam e só aí notou a presença do belíssimo globo. Feito de plástico, ficava fixado em uma base de madeira, de onde saía um fio com um interruptor para acender e apagar a lâmpada dentro da bola, que iluminava todos os territórios ali traçados.

Joca até quis perguntar o motivo do fascínio de Érico e estender a conversa, mas não havia tempo. Estava com um olho nele e o outro no ponto. O ônibus estacionara naquele exato instante, o que fez com que Joca pegasse Érico pela mão e o trouxesse de volta à realidade. O primogênito subiu na frente e pediu paciência ao motorista (já conhecia o sujeito e sabia de sua rotineira pressa), enquanto o outro o seguia um tanto trôpego. Quando Érico alcançou o primeiro degrau e a porta quase prendeu sua mochila, Joca já estava em um dos nada confortáveis bancos do veículo.

O menor percorreu o corredor até sentar-se ao lado do irmão. Por todo o percurso, Joca tentou decifrar o enigma que a face do pequeno trazia. Não que fosse muito difícil: conhecia muito bem seus "olhinhos de querer", como bem gostava de definir a mãe sobre aquela cara que ele fazia. Era daquela maneira que ficava – meio pensativo, meio avoado, um tanto calado e com os olhos fixos no horizonte – quando um desejo brotava e fixava-se em sua alma e em seu coração. O silêncio era uma forma de elaborar o sentimento, sempre questionado pelo fato de os dois saberem que não podiam querer muita coisa. Liana, a mãe, criara os filhos sozinha desde que o pai sumiu no mundo e não tinha condições para qualquer tipo de extravagância. A vida era o básico e só.

– O que foi? – perguntou Joca.

– Nada, coisa minha.

Coisa dele. Sabia muito bem o que aquilo significava: as "coisas dele" tinham a ver com o pai. Que, no caso, não eram só dele. O fato é que cada um tinha uma maneira muito particular de lidar com aquela história tão dolorosa – e nebulosa – em suas vidas.

Então, Joca deu de ombros. Olhou no relógio forçadamente, na tentativa de mudar o assunto.

– Vai dar tempo, mano. Se a gente atrasasse muito para o almoço, aquela velha da Zarifa iria nos esfolar no asfalto – falou, esperando uma risadinha espontânea de Érico, que sempre se divertia com as tiradas com a vizinha que estava cuidando deles. Mas não foi o caso.

Joca, então, teve certeza de que o pai estava na cabeça do irmão. E isso o deixava muito, mas muito irritado. Seu desejo mesmo era dizer: "O pai foi embora e pronto, Érico! Se ele não nos quis, para que você fica perdendo tempo pensando nele?". Mas nunca faria isso, pois tinha pena do irmão e da ilusão que carregava sobre um possível reencontro.

E era esse exatamente o motivo pelo qual o tal globo luminoso encantara tanto Érico. Com ele, pensou, seria muito mais fácil iniciar seu grande plano de sair pelo mundo atrás do pai. Bulgária, Caxambu, Vila Nova, Grécia, Iugoslávia, Parintins. Com todos os cantos do planeta a seu alcance, seria mais fácil definir as melhores estratégias.

E o aparecimento do globo veio bem a calhar. Pensou que, se conseguisse tê-lo o quanto antes, não tardaria a pôr o pé na estrada, pois não havia momento mais oportuno. Sem a mãe por perto, o caminho estava completamente livre. Em sua inocência infantil, pensava que durante as duas ou três semanas da viagem dela para o interior de Minas Gerais poderia mudar o rumo de sua vida.

"Nunca se sabe. Quem sou eu para duvidar de algo" – pensou o pequeno Érico.

Sem saber exatamente o que tanto o irmão maquinava, Joca sentiu o coração apertar. Era um misto de instinto de proteção e raiva. E a raiva era das brabas, daquelas que perfura o peito um tanto mais a cada dia. Ele odiava aquele sentimento, apesar de conviver com ele desde... bom, desde que se entendia por gente. Abanou a cabeça, tentando espantar previamente qualquer pensamento mais doloroso que lhe surgisse, e encostou a testa no vidro do ônibus. Só naquele instante se deu conta de que o Natal estava próximo. O comércio de rua já estava todo enfeitado, com árvores de Natal pipocando na paisagem, bem como manequins vestidas de Papai Noel, guirlandas nas fachadas, luzinhas pisca-pisca e embrulhos coloridos de presentes.

"Será que eu conseguiria dar um presente para o Érico este ano? Talvez aquele globo... ele ficaria feliz!" — pensou o menino, logo caindo em si — "Mas com que dinheiro?".

Érico também tinha sido tocado pelo clima natalino naquele fim de novembro. Nem pensou em presente, já que isso estava longe de ser uma real possibilidade. Suspirou fundo, com uma única dúvida:

— Será que a mamãe volta até o Natal, Joca?

— Tudo vai depender se a vó melhorar. Vamos torcer...

DOIS

O velho celular que herdara da mãe passeava pelas mãos de Joca sem muita função. Era mais para ele simular qualquer ocupação. Érico, esperto, sabia muito bem que o aparelho não dava para muita coisa, o único joguinho que ali funcionava era o de acertar bolinhas em um dinossauro malfeito, algo muito infantil para o interesse de um garoto de 13 anos. E acessar a internet, só com muita sorte. Por isso, logo sacou que a reclusão de Joca quando chegaram em casa não tinha a ver com a dedicação para vencer o jogo. Ele tinha encucado com algo. Érico logo correu ao banheiro para se aliviar de um aperto, e, faminto, voltou anunciando que estava de descida para a casa da vizinha.

— Venham comer! — gritava ela lá de baixo. — Eu não tenho o tempo todo do mundo para vocês!

Joca revirou os olhos cansado do escândalo que Zarifa teimava em fazer. Sempre exagerada, ela fazia de tudo para deixar claro o quanto a missão que havia aceitado lhe tirava do prumo.

"Por que, então, topou cuidar da gente?" — grunhiu Joca jogado no sofá, antes de avisar Érico: — Vai lá, tô sem fome!

— Você sabe que depois não vai ter nada o que comer — lembrou o irmão, antes de brincar. — Ela vai sair para fazer as compras dela e se você tiver fome vai ter que roubar a ração da Astrid.

— Astrid III, a gata insuportável! Deve ter comida melhor do que a que ela dá para a gente!

Os dois, então, riram. Érico saiu de casa e desceu a rua, na direção da residência da vizinha. Quando chegou sozinho, Zarifa se irritou e pôs-se a berrar outra vez:

— Venha, Joca! Vou contar tudo para sua mãe. Você nem imagina o tamanho do meu relatório sobre nossos dias de convívio!

O menino, escondido atrás da cortina, pôde ver da janela a senhora parada no meio da rua, suada e descabelada — tomada pelo calor que fazia naquele início de verão —, com as mãos na cintura. Não percebeu se ela notou sua presença, mas deixou-a sem resposta. Irritada, a senhora voltou para dentro de casa.

Eles moravam em uma rua sem saída, muito íngreme. A última casa era a de Zarifa. A casa onde os meninos viviam com a mãe ficava alguns metros para cima. Quando Liana se mudou com os filhos para o local, Zarifa já vivia ali há uns bons anos. A região era tomada por casas, bem simples, sem o mínimo luxo. A vizinhança, apesar de humilde, sempre se mostrou prestativa. Ainda assim, a primeira impressão que Liana teve de Zarifa não fora das melhores. De início, a achava um tanto mal-humorada, que vivia a reclamar de tudo e de todos. Repetia aos filhos, meio sem perceber, que tamanha rabugice era a razão de ela ser uma mulher sozinha: "Quem é que vai aguentá-la?" — repetia. Zarifa, por sua vez, não tinha o menor interesse pelos recém-chegados, principalmente pelo fato de a novata ter duas crianças — seres que nunca foram de sua predileção.

Mas tudo mudou no dia em que Liana encontrou Astrid III, a gata, há alguns quilômetros dali, e trouxe-a de volta para sua residência. Quando Zarifa abriu a porta e encontrou a mulher segurando sua companheira, explicando o que havia acontecido, quase perdeu os sentidos. Liana se dispôs a ajudá-la, acalmando-a. Desde então, Zarifa passou a tratá-la de maneira mais gentil, sabendo que tinha uma dívida de gratidão com ela.

E foi exatamente por isso que, naquela situação de emergência, quando teve de viajar às pressas para sua cidade natal para cuidar da mãe doente, Liana, de certo modo, a cobrou:

— Você pode olhar meus filhos na semana que estarei fora? Eu não consigo levá-los juntos, não tenho dinheiro para as passagens. Eles se viram bem, são grandinhos, só preciso que dê comida para eles e os acolha em sua casa durante a noite para que não durmam sozinhos — pediu.

A súplica caiu como uma bomba para Zarifa. Nunca se imaginou responsável por dois garotos como Joca e Érico. Eles lhe davam a maior gastura. Mas sentiu-se obrigada a aceitar, era justo, pensou. E consolou-se com a ideia de que, naquela época do ano, ficava um bom tempo fora de casa por conta das compras de Natal, e nem precisaria aguentar muito aqueles dois. Diariamente, Zarifa ia até o bairro do Brás, centro de compras popular da cidade, para adquirir peças de roupas de todos os tipos para revender para uma clientela fiel que tinha. Aquela era sua fonte de renda e o Natal era o período em que mais lucrava — e, claro, mais tinha trabalho. Se não tivesse viajado, até pediria ajuda para Liana, como fizera nos anos anteriores, tamanha sua demanda. A mãe de Joca e Érico sempre esperava o convite, pois era uma forma de ganhar um dinheiro extra, para além das costuras que realizava ao longo do ano. Ainda assim,

Zarifa tentava se esforçar ao máximo para manter sua tranquilidade naqueles dias, sempre contando as horas para o retorno da colega.

Joca também não via o momento de a mãe voltar. Aquela dependência de Zarifa o tirava do sério:

— Por que a gente tem de passar por isso, hein? Por quê? — revoltou-se o garoto, sem se esquecer da ideia do presente para o irmão.

Levantou-se do sofá e jogou o celular longe. Depois, em um ímpeto, deu um chute na parede. Aqueles estouros solitários eram comuns. Ele costumeiramente precisava expurgar algo que o incomodava e não conseguia nomear. O enfezamento, naquele início de tarde, se agravou porque o estômago lhe traiu e deu sinal de vida.

— Se eu pudesse, ia no *trailer* do Seu Justino para comer um lanchão de mortadela com queijo — disse, encarando uma gaveta do móvel onde ficava a televisão. — Mas se minha mãe descobre que gastei o dinheiro do ônibus para essa regalia, capaz de ela me deixar o resto da vida com a velha Zarifa.

De quando em quando, também era possível encontrar em seu rosto os tais "olhinhos de querer". Mas ele não sabia disso. Ou sabia, mas sempre que uma vontade qualquer apontava, tratava de fazê-la desaparecer no mesmo instante. E com esse mecanismo, a revolta imediatamente tomava conta dele como uma espécie de proteção. O ciclo era sempre o mesmo: o pai instantaneamente

surgia em sua mente, como o grande culpado pela vida que levavam. Foi ele quem surgiu na fala do garoto quando enfrentou seu reflexo no espelho, como quem está frente a frente com um inimigo.

"Por que você foi embora, hein? Por que você nos deixou sozinhos?" – proferia essas palavras com os dentes rangendo e os olhos marejados. – "E agora, como eu ajudo meu irmão, hein? E minha mãe? Por que você deixou tudo nas minhas costas?".

Então, buscou no bolso o papelzinho que carregava em segredo para cima e para baixo. Joca nunca entendeu muito bem o motivo pelo qual fazia isso. Era uma pequena folhinha de um velho caderno de anotações. Estava amassada, quase rasgando de tanto ser mexida. Como sempre fazia, escondido de todos, encarou-a.

"A receita de uma maldita torta. A única coisa que você nos deixou. O que a gente vai fazer com isso?" – pensou Joca.

TRÊS

No dia em que o pai foi embora, aconteceu uma briga que, na memória de Joca, durara muito tempo. Gritos e mais gritos estão guardados em algum lugar dentro dele, quase intactos. Érico, que ainda era um bebê, não se lembra de nada. Liana estava aflita e agitada. Tentava dar conta dos filhos, cada um com sua necessidade, mas sua cabeça estava longe. Certamente em Hermano, que saíra horas antes, depois de ter anunciado sua decisão.

"Ele tem eu, tem os meninos" — ela repetia falando consigo mesma, balançando o pequeno no colo. — "Imagine se vai insistir em uma teimosia dessas! Ele não é nem louco. Não é!"

Alguns o chamavam de louco, sim. Inclusive, muitas vezes, até a própria esposa. Hermano tinha seus 30 e tantos anos e uma frustração: não havia dado passo algum para realizar seu grande sonho, que era se tornar um renomado *chef* de cozinha. O único público para quem mostrara suas malucas receitas fora sua família e poucos amigos.

Mas ele queria mais.

Muito mais.

A paixão pelos sabores e aromas nasceu quando Hermano era criança, talvez na idade que Joca tinha agora. Apaixonara-se pela forma como um conhecido da avó, o Seu Garlindo, mexia nos ingredientes e misturava-os para transformá-los em deliciosos pratos.

Por toda infância e juventude, desbravou moquecas, bolos, panquecas e tantas outras delícias que o conhecido criara e constatou que aqueles encontros em torno da mesa eram os momentos mais importantes de sua vida. Era normal o pequeno Hermano, depois de ter terminado sua refeição, se ver acompanhando, quieto, os familiares entrando em êxtase a cada garfada que levavam à boca. Não demorou muito para decidir que era aquilo que queria fazer na vida: proporcionar o mesmo tipo de emoção para as pessoas.

Mas seus planos sempre foram maiores do que suas condições financeiras. Toda vez que encontrava um curso de gastronomia para fazer, por exemplo, estava fora do seu alcance. Mesmo assim, Hermano não desanimava. Se ninguém o ensinasse as técnicas para se tornar um grande cozinheiro, que fosse atrás sozinho. Autodidata, passou a carregar um caderninho em que anotava seus experimentos e testes culinários depois de fazer misturas e combinações de temperos e ingredientes. Cada receita que dava certo e era elogiada por um conhecido era celebrada como uma vitória. Hermano sabia do potencial que tinha, só estava à espera da grande oportunidade.

Já Liana duvidava. Para ela, a vida pedia sacrifício e o olhar para além do horizonte exigia mais crença do que a que tinha. Seus pensamentos não eram tão otimistas. Ficar imaginando o futuro não traria dinheiro para o bolso nem comida para a casa. Por isso, desde que se casaram, virava-se o quanto podia com as inúmeras costuras que arranjava, mesmo depois que vieram os meninos.

Foi exatamente por essa diferença de olhar para a vida que o amor dos dois começou a bater pino. Um dia, o compadre Alcebíades, padrinho de Joca e amigo-irmão de Hermano desde a juventude, um solteirão convicto que viajava o país todo vivendo suas aventuras, deu um telefonema contando que estava no Rio de Janeiro. Nada de mais não fosse a notícia que trazia: mais do que o sol e o mar, a Cidade Maravilhosa estava pronta para oferecer a chance que Hermano esperava. Alcebíades conhecera o dono de um famoso restaurante no bairro de Ipanema que estava à procura de um assistente de cozinha.

— Lembrei de você! — celebrou o compadre do outro lado da linha. — Tô em um apêzinho bão, tenho como acolher você, Liana e as crianças. Venham e sua vida se transformará.

O telefone foi desligado em meio a uma sensação que nunca Hermano sentira: sua hora tinha chegado. Com as mãos trêmulas e o sorriso maior do que cabia em seu rosto, abriu a porta do quarto dos filhos, onde Liana fazia o caçula dormir, e deu um grito de felicidade. A hora deles tinha chegado, ele tinha sonhado tanto com aquilo: dar uma vida melhor para sua família. A esposa, por sua vez, cerrou o cenho e deixou Érico ainda acordado ao lado de um Joca desmaiado de tanto brincar em sua caminha, e puxou o marido para fora. Não fez nenhuma menção à novidade, apenas lhe aplicou uma severa bronca:

— O Érico se assustou com sua explosão. Agora, agitado desse jeito é que não dorme mais. Vai lá fazer ele dormir que eu cansei.

Mas Hermano nem ouviu o que a mulher disse. Foi uma forma de não padecer diante de sua indiferença.

— Nós vamos para o Rio, Liana! É o meu sonho de infância que está prestes a acontecer — ele vibrava pelo corredor. — A nossa vida vai ser outra!

— A gente não nasceu para sonhar não, seu besta! Esquece esse Rio de Janeiro... — respondeu ela. — A vida tá correndo já!

Hermano ficou chocado com tal postura e, nos dias seguintes, evitou qualquer contato. Na dele, foi preparando a viagem. Ele não podia perder aquela grande oportunidade: ele iria mesmo que fosse sozinho e voltaria trazendo tudo de bom e do melhor para a esposa e as crianças. Liana não tocou mais no assunto também, certa de

que o marido havia se esquecido de tamanha bobagem. Mas a certeza durou apenas uma semana. Quando começou a notar que as roupas dele estavam sendo retiradas pouco a pouco do armário, desesperou-se. Evitou o embate o quanto pôde, mas a agonia ia crescendo dia a dia. Aturdida com a iminência da separação, Liana se esqueceu da presença dos filhos e surtou, tentando achar uma maneira de impedir que o marido partisse.

De imediato, seu alvo foi a caderneta de receitas de estimação dele. Caçou-a em uma gaveta e arrancou todas as páginas. O pequeno Joca acompanhava a terrível cena de longe, sem que a mãe notasse sua presença. Liana estava enfurecida e achava que cada folha destacada e picotada tivesse efeito direto nas ambições de Hermano. Era como se ela pudesse desviar uma rota futura que ele seguiria, como se quebrasse as pernas que lhe fariam partir, como se pudesse fazer o coração dele parar de desejar ou impedir seu cérebro de criar.

— Não vai, você não vai, Hermano! — gritava, jogando os pedaços da caderneta pela casa. — Não é justo comigo!

Quando Hermano chegou do banco, levou um susto. Viu suas receitas espalhadas pela casa e encontrou a esposa sentada no chão, exausta. Parecia ter passado por uma batalha — e fora isso mesmo, contra ela própria. Ele tinha saído para resgatar uma quantia de dinheiro que guardava na poupança e que o ajudaria a chegar na capital fluminense. Antes de qualquer coisa, passou por todos os cantos catando os restos de sua caderneta, na tentativa de recuperar seu maior tesouro. Foi naquele momento que começaram os gritos. Uma tarde inteira de acusações.

Ele explicando que seria bom:

— Vai mudar a nossa vida! Confie em mim! Me deixe ir, por favor!

Ela contestando-o:

— Enquanto isso, vou ficar cuidando sozinha dos meninos, é?

— Vamos comigo!

— Não vou. Esquece isso, Hermano!

Era fato: eles não chegariam a um acordo.

Não deu outra e Hermano foi embora no início daquela noite, completamente desolado. Algo lhe dizia que seguir sua intuição, naquele momento, seria o melhor a se fazer. Joca assistia à cena que ficaria marcada de maneira turva em sua mente. O último registro que guarda do pai é de ele saindo pela porta de casa, muito triste. E a mãe, sentada na poltrona, tentando acalmar um Érico tomado pela confusão, chorava e dizia:

— Vá e leve esse seu sonho maldito! A partir de agora, sou eu quem não quer você aqui!

Mal sabia ela que o desejo de Hermano, nos primeiros passos para fora de casa, seguindo seu caminho, era voltar o quanto antes para provar à esposa o quanto ela estava errada. No cantinho da sala, Joca, aos 3 anos de idade, encarava uma única página da caderneta que restara inteira naquela residência.

Ele ainda não sabia ler, mas se conseguisse encontraria escrito ali: "Torta Portoluna".

QUATRO

Desde aquele dia, havia se passado dez anos.

Sim, dez anos e nada de Hermano voltar.

Nenhum sinal, nenhuma notícia – nem boa, nem ruim.

Nada.

Fazia sentido, então, Joca se perguntar naquela tarde o motivo de ele ter guardado por tanto tempo a receita. Não apenas ele. Mas, de certa forma, Érico também. E Liana, mesmo desprezando a existência dela, nunca fizera nada para destruí-la de fato.

Eles não sabiam o motivo, eu talvez sim. Todos saberiam o porquê, mas tudo tinha seu tempo, sua hora.

O fato é que, logo depois que Hermano partiu e Joca se viu com aquele papelzinho em mãos, temeu. Tudo o fazia entender que tal resquício era algo proibido. Assustado, deu seu jeito de sumir com o último vestígio do pai a tempo de sua mãe não encontrar. Em sua esperteza pueril, amassou a folhinha e enfiou-a dentro de um dos vagões do trenzinho de brinquedo preferido de Érico.

E por lá ficou muito tempo.

Anos se passaram quando o caçula chegou com a receita da tal Torta Portoluna em mãos, perguntando para a mãe sobre do que se tratava. Havia, enfim, a encontrado. Liana pegou-a na mão e suou frio ao reconhecer a letra do marido.

– Érico, vá brincar. Isso é besteira.

Mas Érico nasceu esperto e observador, daqueles que saca tudo num instante. O menino não a obedeceu e ficou estancado em sua frente. Queria entender por que ela tinha ficado tão atordoada com aquilo. Liana nunca soube o motivo de ter feito o que fez e se arrepende profundamente até hoje. Mas algo lhe fez contar um tanto da verdade, segurando a emoção:

— Foi seu pai quem escreveu isso. É uma receita que ele criou. O sonho dele era ser *chef* de cozinha.

O garoto arregalou os olhos. A mãe se recompôs e fez-se forte outra vez.

— Mas ele foi embora. Ficamos do lado de cá do sonho dele. Ele nunca mais voltou.

Com 7 anos na época, o pai nunca tinha sido pauta nas conversas. Ele sabia que faltava um integrante na família, mas nunca tivera coragem de perguntar onde é que estava. Nem o nome dele nunca soube — e isso era uma coisa que Joca, com seu espírito protetor, também fez questão de esconder. Diante da fresta aberta, as perguntas de Érico saíram aos montes:

— Por que ele foi embora? Para onde? E como ele era? Ele não vai voltar mesmo?

E, para bem da verdade, os questionamentos nunca cessaram definitivamente desde então. O silêncio permanente de Liana tivera efeito inverso dentro do caçula: se o desejo era fazer com que ele se esquecesse do assunto, o garoto passou a ficar obcecado com a ideia de reencontrar o pai. E, se não conseguiu qualquer pista depois do vacilo da mãe, o alvo de suas perguntas passou a ser Joca:

— Joca! Joca! A gente precisa dar um jeito de ir atrás do papai — pedia. —Temos que encontrá-lo!

O irmão, por sua vez, diante de tanta insistência, repetia o discurso proferido pela mãe desde que tudo acontecera:

— Para mim ele morreu!

Na real, não era bem assim. Hermano estava presente o tempo todo em sua rotina. Sua ausência gerava em Joca um duplo sentimento. Primeiro, a raiva pelo que tinha feito. Depois, o peso da responsabilidade de ter assumido, mesmo que de maneira simbólica, o papel que devia ser dele: o de homem da casa. Sendo o filho mais velho, passou a ser a escuta da mãe para os problemas da vida e uma espécie de protetor para o irmão. Um verdadeiro aprisionamento para quem só queria brincar e jogar bola.

E a obrigação por um alto nível de maturidade se intensificou naquele final de ano. Com a mãe longe e sob os cuidados da terrível Zarifa, o desejo de proporcionar algo bom para Érico aumentava a cada dia.

E, na verdade, fora a primeira vez que tivera um desejo de verdade.

Um desejo que não era apenas um simples querer. Era mais do que isso.

Fazer bem ao irmão se tornara uma espécie de sonho.

Sonho.

Aquela palavra proibida que tirara o pai de casa havia tocado ele.

Sim, nos últimos dias, um sonho havia surgido.

Como se tivesse cometido um pecado dos mais terríveis, pediu perdão em pensamento para a mãe.

Naquela noite, quis um novo rumo para a vida. Que um sinal fosse dado.

Eu estava atento e achei que podia ser mesmo uma boa hora.

CINCO

Por volta das 7 horas da noite, um cheiro gostoso começava a tomar conta de toda a vizinhança. Era o horário em que muitas mães e esposas preparavam o jantar para suas famílias. Na casa de Zarifa acontecia o mesmo, embora ela não tivesse nem marido nem filho. Sempre escolhia uma deliciosa receita para preparar com calma, diante da televisão ligada em um programa jornalístico qualquer. Embora as notícias que o apresentador trouxesse nunca fossem das mais animadoras, o ritual era uma forma de ela ir relaxando daqueles dias exaustivos de tanto andar em lojas e mais lojas, enfrentando a confusão de gente comprando roupas a baixo custo.

Depois de comer, Zarifa acolhia a gata Astrid em seu colo e se esparramava no sofá. Na televisão, um programa para o fim de noite sempre havia: a linha de *shows* de seu canal preferido, a TV Suprema, oferecia um leque de opções. Às segundas-feiras, exibiam filmes água com açúcar. Às terças, um *show* de variedades que reunia subcelebridades para realizar provas esdrúxulas. Às quartas, um programa tosco de comédia. Às quintas, uma série que contava a vida de uma senhora solitária que procurava o filho perdido na selva. E às sextas, em esquema de temporadas, revezavam-se diversos formatos de *reality shows*, como competições de culinária, de moda ou também aqueles programas que gostam de provar a resistência dos competidores.

Desde que começaram a ficar sob os cuidados da vizinha, Érico e Joca tiveram de se integrar à rotina de Zarifa. A ordem de Liana era que quando a amiga voltasse do trabalho já chamasse os meninos para casa. Naqueles finzinhos de tarde, hora que a senhora chegava, Joca ainda estava na rua, jogando bola com os meninos das outras casas – o gosto pelo futebol era tanto que eles arranjavam um jeito de realizar disputas naquela ladeira tão inapropriada para o esporte. Aqueles encontros eram a alegria do menino, que pensava timidamente na ideia de um dia se tornar um jogador de futebol. Mas era apenas um pensamento, quase utópico, que evitava ao máximo a possibilidade de se tornar um sonho – senão, teria de enfrentar um grande problema em casa.

Já Érico, mais recluso, seguia para a casa de Zarifa no horário combinado, carregando seu material escolar. Era quando aproveitava para fazer seus deveres. Sentava-se à mesa, onde pouco depois seria servido o jantar, abria um caderno e começava a cumprir o que tinha de fazer. Zarifa admirava tanto empenho e, vez ou outra, o elogiava:

– Gente estudada é que dá certo na vida! – dizia.

Àquela altura, Érico já começava a sentir fome. Zarifa agilizava o preparo. Embora não fosse uma grande cozinheira, dava para o gasto.

– A senhora já inventou alguma receita igual meu pai fazia? – um dia ele perguntou.

Zarifa ficou encabulada. Imagine falar sobre aquele assunto com os filhos de Liana longe dela? Pensou em mudar o rumo da conversa, mas aquele mistério também lhe coçava a curiosidade. Pouco sabia da história pregressa de Liana e de sua família e os reais motivos de o marido ter desaparecido no mundo.

– Não tenho nada a ver com a vida de vocês! – ela respondeu secamente, antes de seguir para a janela para chamar Joca, que ainda não aparecera.

Érico manteve-se em silêncio, pensando no pai. Mal sabia

Zarifa que, nos últimos dias, ele não se debruçara sob os livros e cadernos para entender uma nova matéria ou resolver problemas dados pela professora – aliás, nem se dera conta de que o ano letivo estava encerrado. O menino, desde a viagem da mãe, estava realmente empenhado em descobrir formas de sair em busca do pai.

O vento atravessou a janela aberta, chacoalhou as cortinas e deixou Zarifa apavorada.

– Joca, entre logo que vai chover!

Zarifa encarou o céu e percebeu que os sinais de tempestade eram fortes. Seu corpo gelou da cabeça aos pés – ela tinha trauma de temporais. O motivo era o fato de sua casa estar localizada no ponto mais baixo da rua. Ou seja, sempre que chovia forte, a água vinda do planalto descia violentamente na direção de sua residência. Várias vezes a potência da chuva abriu sua porta e causou estragos, fazendo-a perder móveis e objetos de estimação. A água que se acumulava ali na frente demorava para escorrer por uma pequena viela para desaguar em um dos poucos córregos não aterrados da região, que ficava bem ali atrás.

Depois de algumas situações trágicas, Zarifa investiu um belo dinheiro para colocar um pesado portão de chumbo, que impedia que a correnteza avançasse pelo seu jardim e para além. Era uma pequena fortaleza que não deixava uma gota atravessar.

Joca não apareceu. Os primeiros pingos começaram a cair. O nervosismo de Zarifa ia aumentando, pois precisava fechar o portão o quanto antes. Da janela da sala, pôde vê-lo se divertir com o início da chuva, junto aos colegas da rua de baixo. Não deu outra: a mulher saiu à caça dele e o trouxe arrastado pelo braço.

– Ei, você não pode fazer isso! – reclamou o garoto, envergonhado com a situação que acabara de passar na frente dos outros meninos.

– Posso, sim! Você está na minha casa e eu é quem mando aqui!

— bradou ela. — Olha a chuva! Olha a chuva!

Quando o menino avançou para dentro da casa, a intensidade da chuva já era maior. Zarifa se molhou um tanto para fechar o poderoso portão, mas respirou aliviada quando passou a última tranca na porta.

— Eu vou ligar para minha mãe! — ameaçou Joca, tirando o telefone do gancho.

A dona da casa foi ágil. Pegou o sapato que tinha em mãos — estava tirando-o para não molhar o piso — e jogou na direção dele. O garoto conseguiu desviar a tempo.

— Liga para você ver! — ela o enfrentou. — Da próxima vez, te deixo para fora, a água te leva para esse rio e você some de uma vez, garoto atrevido!

O menino encarou Zarifa, assustado com sua fala. Fez uma cara amarrada para mostrar que não tinha medo, mas achou estranho aquele papo. Imaginou que ela fosse capaz de fazer algo do tipo. Astrid III posicionou-se ao lado da dona, com uma feição de poucos amigos. Era como se avisasse que Zarifa tinha uma espécie de guardiã. Sem paciência para continuar o embate, o menino saiu pelo corredor.

— Vou tomar banho! — gritou.

Quando voltou, encontrou Zarifa já diante da televisão, com a gata no colo, acompanhando um número musical sofrível na telinha. Mas ela parecia gostar, tanto que cantarolava a canção com o desafinadíssimo cantor.

— Joca, tem comida na panela — avisou Érico.

Ele foi até o fogão e despejou duas colheradas de um negócio que foi chamado de risoto em seu prato, mas que mais parecia uma bela mistura de todas as sobras que tinham na geladeira. Depois, sentou-se à mesa ao lado do irmão. Engoliu a estranha comida rapidamente, observando algumas palavras que Érico escrevia no papel. Era algo que não conseguiu decifrar de imediato: internet, vizinhos, restaurante.

— O que você está fazendo? — perguntou, curioso.

— Estou tendo umas ideias — fugiu o garoto do assunto.

Ao ouvir o zum-zum-zum dos dois, Zarifa foi taxativa:

— Fiquem em silêncio! Vocês sabem que esta é a minha hora de relaxar!

Joca não gostava nada do tratamento que recebiam ali. Pediria à mãe que nunca mais os deixassem com Zarifa, pois depois de três dias de convívio sacou que seria mais tranquilo estar sozinho à noite na Floresta Amazônica, completamente perdido. Porém, como essa possibilidade não existia, o que lhe restava era dormir. Deu boa noite ao irmão e se levantou da mesa, levando o prato para ser lavado na pia. Quando começou a ensaboar os talheres com detergente, tomou um susto com um grito — achou que fizera algo de errado. Érico, que estava entretido com o que escrevia no papel, deu um pulo.

— A água invadiu a casa? — perguntou, impressionado com as histórias que Zarifa contara sobre os dias de chuva.

A resposta era não. O escândalo era do tipo causado por euforia, embora eles não tenham compreendido o motivo de ela ter tido tal reação.

— Olhe, Astridinha! — comemorou a mulher, apontando para a TV. — Temos um programão para este fim de ano! Vai começar o *Cozinha aí*.

Pelo entusiasmo dela, foi impossível não ficar curioso. Joca aproximou-se do sofá para conferir a chamada que passava na televisão. Pôde ainda pegar o final do comercial. Nele, anunciava-se uma temporada especial de Natal de um programa que era sucesso na emissora, o *Cozinha aí*. Era um dos *reality shows* que integrava a programação de tempos em tempos, uma competição para descobrir talentos na cozinha. Mas, daquela vez, conforme ia dizendo o locutor, seriam crianças e adolescentes de 10 a 15 anos os participantes do programa que premiaria a receita mais saborosa para o Natal da família brasileira.

Em êxtase, Zarifa começou a relembrar as outras edições que acompanhou:

— É o meu programa favorito desde sempre e para sempre, Astrid! Lembra daquela vez que tinha um senhorzinho suuuuper talentoso que preparou uma *paella* e o jurado quase desmaiou por causa dos frutos do mar? Ele tinha alergia e não sabia — se divertia. — E teve uma, que devia ter uns 18 anos, era mega antipática, mas que fez um sorvete de nozes que até hoje me dá água na boca!

Joca não ouviu nada daquele histórico porque ficou com a atenção presa no restante das informações da chamada na TV. O locutor explicava: "As inscrições oficiais já terminaram. Mas estamos à procura de um último participante. Então, se você tem entre 10 e 15 anos, acesse nosso *site* e saiba como ocupar a última vaga do *Cozinha aí* neste nosso especial de Natal".

O menino achou uma viagem aquele programa. Pensou como uma criança ou adolescente se dispunha a participar daquilo. Como estava cansado, partiu rumo ao quarto, sem ao menos se despedir do irmão e da dona da casa. Mas, ainda no corredor, ouviu algo que o fez rever sua opinião.

"O prêmio para o novo talento da cozinha será de 10 mil reais. Além disso, a receita mais criativa será comercializada neste Natal pelo Sr. Villarino, que fabrica os melhores alimentos para a família brasileira. Não perca esta oportunidade de ser o jovem *chef* mais querido do país!".

O menino parou onde estava. Ideias estranhas começaram a pipocar na cabeça e se juntar: um prêmio em dinheiro para uma receita criativa...

"Meu pai..." – e a imagem daquele homem indo embora de casa atrás de seu sonho veio de supetão em sua memória. – "Ele tinha receitas criativas. Será que eu seria capaz?" – pensou.

Em um impulso, foi até o quarto e buscou em sua mochila o que guardara por tanto tempo: a receita da Torta Portoluna.

"Será que isso, enfim, pode me servir para algo?" – perguntou-se. – "Será que eu conseguiria ganhar este programa? Porque, com este prêmio, dava para eu conseguir...".

Então, um estrondo se fez. Pela janela, tudo se iluminou com o raio que cruzou o céu.

"É, isso mesmo: eu conseguiria comprar o presente de meu irmão" – balbuciou. – "Será?".

SEIS

Os dias atarefados de Zarifa e a certeza de que, naquela semana, ela não voltaria mais cedo para casa criavam o cenário ideal para a ideia que havia parasitado na cabeça de Joca desde que vira a chamada da competição culinária de crianças na televisão. Mesmo que ainda estivesse tentando fingir que não havia um desejo real, o garoto passou a rondar a cozinha da casa, sempre carregando a famigerada receita da Torta Portoluna em seu bolso. Abria as portas dos armários da despensa como quem não queria nada. Mas estava lá para checar a existência dos ingredientes da receita que, de tanto que leu, até havia decorado. Pois era aquilo mesmo: Joca estava bastante tentado a se inscrever no *Cozinha aí*. A possibilidade de ganhar o prêmio anunciado se tornara uma espécie de tentação para ele. Por isso, antes de qualquer passo, era necessário descobrir se seria capaz de preparar qualquer prato que fosse para não passar vergonha em rede nacional.

Não era surpresa que a Torta Portoluna tenha sido a escolhida para o teste. Não apenas por ser a receita que tinha em mãos, mas também porque, subitamente, ele começou a desconfiar que, finalmente, faria sentido o fato de tê-la guardada por tanto tempo. Joca era um garoto que sabia seguir sua intuição.

Trigo, ok. Ovos também. Manteiga, sal, açúcar devidamente localizados. O queijo, o leite e... pois bem, faltava um item. Um único item. Nos escritos do pai, na última linha, pedia um ingrediente que nunca tinha ouvido falar: a pitaya silvestre. Ele ficou preocupado, pois uma nota de rodapé dizia: "Este é o grande segredo do sabor desta torta". Ou seja, era o que poderia ser seu grande trunfo na competição.

"Bobagem, Joca. Isso não vai dar certo" – ele falou para si próprio, olhando panoramicamente o local, na certeza de que nunca teria à sua disposição o exótico ingrediente.

Dessa maneira, saiu desolado da cozinha, já começando a matutar como achar um outro caminho para conseguir uma grana para comprar o presente de Érico. Olhou pela janela, tentando ter uma nova ideia, e viu Dona Leontina trazendo um carrinho de feira cheio de frutas, verduras e legumes.

"Talvez, antes de desistir, eu possa tentar ver se alguém na vizinhança tem essa tal de pitaya silvestre. Vai que..." – pensou.

Mesmo sem acreditar que a sorte poderia estar a seu lado – afinal, nunca esteve, pensou –, saiu pelo bairro batendo de porta em porta, perguntando se alguma caridosa alma tinha e poderia lhe doar um tanto daquele fruto para um experimento.

Depois de muitos nãos, pedidos de desculpas, olhares atravessados e caras rabugentas, Doralice, uma vizinha das mais simpáticas, mãe de um de seus colegas do futebol, disse que já tinha ouvido falar na tal fruta – o que deu uma esperança ao menino.

— Esta fruta é diferente mesmo, é um tipo exótico. Ela tem um tom avermelhado por fora, uma casca cheia de escamas que parece até a pele de um dragão. Mas por dentro, Joca, é uma delícia: doce e suculenta. Provei uma vez na casa de uma amiga no norte e nunca mais vi para comprar.

— A receita diz que são a alma do negócio! – explicou.

— Joca, você conhece o Empório do Reino? – ela perguntou, lembrando de algo. – É um que fica na avenida principal, aquela onde a gente pega o ônibus...

— Não, nunca fui para aqueles lados a pé. Só vou com a minha mãe até o ponto.

— É porque acho que nesse empório você pode encontrar essas coisas que gente rica come. Eles trazem muitas coisas do estrangeiro. Talvez tenha essa pitaya...

Apesar de bem-intencionada, a dica da vizinha quase não valia nada. Afinal, se era coisa de gente rica, o que ele, pobretão, faria lá?

Mas acabou indo.

Aquele lugar não se parecia um supermercado como os que conhecia. Nem hipermercado, como um que viu no jornal certa vez. Parecia um castelo. Era uma construção imensa, toda feita de pedra. A fachada com ar medieval realçava a imponência. Estava toda enfeitada com imensos laços e estrelas. Talvez a escolha daquele visual fosse proposital para dar o clima proposto pelo nome: "do Reino". Bem na frente, manobristas ficavam próximos da porta para receber carrões que Joca nunca nem vira na televisão. Ele se sentiu constrangido diante de tanta suntuosidade. Hesitou avançar, pois muitos que passavam encaravam seu corpo magrelo, sua roupa simplória e a velha chuteira surrada que calçava. Os olhares eram sempre de reprovação, trazendo a ordem: "Suma daqui agora!". Aquilo lhe fez muito mal. Mas ele pensou no irmão, sempre no irmão. E se lembrou de que aquela poderia ser sua única chance.

Teve a sorte de uma senhora escandalosa reclamar sobre o tratamento que deram ao seu cachorrinho, um pequinês que tinha sapatinhos nas pernas e era trazido em um carrinho de bebê, causando certo tumulto perto dos caixas. Assim, conseguiu passar despercebido pelos funcionários e correu para dentro da loja.

O empório parecia um mundo encantado para ele. Em cada lado dos largos corredores, as prateleiras ofereciam produtos pra lá de coloridos. Pelas embalagens superatraentes, deviam trazer

sabores que nunca imaginou que existissem. Caminhou receoso como se bolachas, chocolates, panetones, amaciantes, detergentes, queijos, pães e desodorantes lhe fitassem e questionassem: "O que este moleque faz aqui?".

Não demorou muito para Joca sacar que a sensação de estar sendo vigiado não era apenas uma impressão. Mas, evidentemente, quem estava de olho nele não eram os produtos, mas um segurança corpulento que passou a ficar no seu encalço. Fingiu que nada acontecia e continuou a procurar pela área do hortifrúti. Ao chegar ao local, surpreendeu-se, pois nunca vira leguminosas tão bonitas como as que ofereciam aos clientes. Zanzou entre bancadas onde laranjas, melões, melancias, limões e tantos outros tipos de frutas estavam expostos, tentando identificar como seriam as pitayas silvestres. Lembrou-se do que Dona Doralice tinha falado sobre a casca vermelha que parecia escama de dragão. Era a única informação que tinha para achar o tal fruto.

Pensou em perguntar para alguém, mas ao buscar um atendente que pudesse auxiliá-lo percebeu o segurança ainda na cola. Abaixou a cabeça, fingindo estar alheio àquela perseguição, e caminhou na direção de uma vitrine onde avistara uns frutos vermelhos, que podia ser o que procurava. E eram: uma plaquinha brilhante identificava as pitayas. Logo abaixo do nome do produto, foi possível conferir o preço. Joca quase caiu de costas e lembrou-se do comentário de Doralice — era mesmo coisa para gente rica comer.

Ele estava lá, diante do que precisava, sem saber o que fazer. É verdade que o pior pensamento chegou a passar pela sua cabeça: praticar um roubo. Mas aquilo lhe fez muito mal, pois não era de sua índole. Colocou a mão no bolso para resgatar algum dinheiro que trazia consigo, retirado da pequena quantia deixada pela mãe para qualquer emergência naquele período em que estivesse fora. Com os olhos para baixo, contou as notas e fez um rápido cálculo.

O que tinha não dava nem para metade de uma caixa – e a receita pedia duas! Então, teve uma ideia: talvez procurasse entre elas as que estivessem com os frutos menos bonitos, já abatidos, para, quem sabe, conversar com o gerente e pedir-lhe um desconto. Mas quando esticou a mão para pegar uma, alguém lhe puxou. Joca sentiu-se subitamente arrastado com força, acabou se desequilibrando e caiu no chão. Tentou entender o que acontecera e percebeu que estava sendo levado, sem dó, pelo segurança que o perseguiu por todo o mercado.

Quando deu por si, estava trancado em uma salinha diante de dois homens: o tal segurança, que estava de pé ao seu lado, e um sujeito com uma carinha de rato e um sorriso amargo, que o olhava com superioridade. No crachá pregado em seu peito estava escrito: "Armando – Gerente".

– Já chamei reforço, senhor – afirmou o segurança para seu provável chefe.

– Você deve ser daquele bando de meninos de rua que vive rondando nossa loja com o desejo de roubar nossos produtos – disse o gerente para Joca. – Parece que não entenderam que nada aqui é para o bico de vocês!

Joca estava incrédulo. Negou a acusação com a cabeça, sem entender por que estava passando por aquela humilhação. Ele só queria comprar as frutas...

– Não vim roubar nada, não – argumentou. – Só precisava de um produto...

Joca foi interrompido por mais uma pessoa entrando na salinha. Mas, dessa vez, era um jovem sorridente que vestia uma roupa semelhante à do segurança que já estava ali – e, logo, o garoto imaginou que os dois tivessem a mesma função, ainda que o que acabara de chegar tivesse um biotipo mais franzino. Ele encarou o menino no centro da sala com um olhar afetuoso. Joca até estranhou.

— Sinésio, meu caro — falou o gerente Armando para o novo segurança — Mais um pirralho que vive querendo nos roubar. Dê um jeito nele, porque eu e o Cleyton precisamos ir lá dar um apoio para a madame que está fazendo o maior escarcéu por causa do cachorro. Não podemos perder essa freguesa por nada! Ela gasta milhões por mês aqui e nos indica para todas as suas amigas ricas.

O gerente saiu e o menino ficou com os seguranças. Cleyton, o primeiro, ainda o encarava com certo sadismo. Parecia interessado em assustá-lo, em acuá-lo. Joca teve muito medo, mesmo que o outro, Sinésio, não demonstrasse qualquer vestígio de crueldade em sua postura.

— Eu precisava apenas daquelas frutas diferentes, a tal da pitaya, para fazer uma receita... — justificou.

— Receita? — zombou Cleyton. — Você faz receitinhas, é?

Joca ficou envergonhado com aquele tipo de piada preconceituosa. Imaginou que, se contasse sobre a ideia de participar do programa de TV, a situação iria piorar.

— Vou vender comida na rua para levantar uma grana — mentiu. — Preciso de dinheiro para comprar um bom presente de Natal para meu irmão. Minha mãe viajou para o interior e nos deixou sozinhos com a vizinha. Não temos pai, ele foi embora quando eu tinha 3 anos. Nos abandonou. Este ano está difícil...

Cleyton já não teve coragem de fazer qualquer nova piada. Engoliu a seco seus últimos gracejos. Já os olhos de Sinésio marejaram. Os dois ficaram sem ação. O segurança corpulento se afastou e acionou seu aparelho de comunicação. Estava fugindo daquela realidade terrível do menino. Trocou alguma mensagem com o gerente e, segundos depois, anunciou:

— Tá liberado, moleque. E não apareça mais aqui.

Joca assentiu com a cabeça, desolado. Depois do que vivera, nunca mais entraria naquele local. Não precisava daquilo. Caminhou tremendo pela calçada, seguindo a direção de casa. Apressava os passos, mas parecia não sair do lugar. Os segundos se estendiam a uma eternidade.

— Ei, menino!

Joca ouviu o chamado, mas ignorou.

Insistiram.

— Ei, menino!

Depois de ouvir umas cinco ou seis vezes aquela frase, cogitou que pudesse ser com ele. Voltou-se para trás, temeroso, e deu de cara com Sinésio. Pensou que o pesadelo não tivesse acabado.

Mas o jovem trazia compaixão no rosto. Timidamente, esticou o braço, entregando-lhe uma sacola. Joca temeu uma armadilha, dando dois passos para trás.

— São as pitayas de que você precisa — falou. — Vai, pega logo. O gerente não pode ver que eu fiz isso. Pega e corre!

Ainda com o pé atrás, Joca tomou o saquinho verde em mãos. Abriu e confirmou a presença de duas caixas de pitayas silvestres ali dentro. Exatamente as de que precisava.

— Mas isso deve ter custado uma fortuna! — exclamou, espontaneamente.

Quando voltou seu olhar para Sinésio, talvez tentando obter uma resposta, encontrou um singelo sorriso.

— Feliz Natal adiantado! Boas festas para você e para seu irmãozinho. — E, então, o magro segurança virou-se de costas e voltou para seu trabalho.

SETE

Joca conferiu se Érico e Zarifa dormiam profundamente. Pela face de anjo do primeiro e pelo ronco da segunda, teve certeza de que poderia seguir em frente. Pé ante pé, caminhou até a cozinha para executar o plano que previra para aquela madrugada. Colocou uma caixa de papelão que encontrara perto da caçamba de lixo da rua em cima da mesa, e ali foi organizando todos os ingredientes de que precisaria. Eles seriam levados para outra cozinha, a da sua casa, para que sua execução fosse feita em segredo — e também porque ele tinha medo do barulho que pudesse fazer, já que a tarefa parecia, até então, muito incerta.

A primeira parte da ação correu tranquilamente. Todos os itens listados na receita deixada por Hermano foram levados dentro da caixa até a porta. Porém, Joca foi surpreendido com o portão de chumbo impedindo a passagem. Abri-lo sem fazer qualquer barulho seria impossível e as chances de acordar Zarifa, mesmo com sono pesado, eram altas. Mas não podia se dar por vencido. Logo encarou a janela da sala e viu ali uma única alternativa de alçar o lado de fora. Fazendo malabarismo, o menino equilibrou a caixa, que quase escorregou de sua mão no momento que o corpo atravessava a esquadria metálica. A tragédia foi mínima: apenas um ovo rolou de lá e se espatifou no chão da sala. Meio fora e meio dentro, Joca decidiu seguir certo de que voltaria antes da senhora despertar e, então, limparia a sujeira.

Munido de uma cópia da chave de casa, Joca enfrentou o frio da madrugada no pequeno percurso entre os dois pontos. A subida íngreme exigia cuidados na escuridão daquela rua com lâmpadas queimadas nos postes. Mas, em poucos minutos, ele, sua caixa e os ingredientes chegavam sãos e salvos na cozinha de Liana.

Ele pousou a caixa sobre a mesa e foi tirando os itens de dentro e os organizando lado a lado. Buscou uma fita-crepe na gaveta e pregou a receita na parede, para que pudesse segui-la passo a passo. Ele não estava confiante, mas precisava ao menos tentar, porque, se o resultado fosse promissor, no dia seguinte bem cedinho se inscreveria no programa.

Seguindo as indicações outrora escritas pelo pai, o primeiro passo seria fazer uma mistura de alguns ingredientes. O ideal era que fosse usado um liquidificador, porém, para evitar o barulho que ecoaria pela noite, optou por cumprir aquela etapa à mão. Jogou os itens necessários em uma tigela e começou a misturar tudo com uma colher de pau. A falta de habilidade fez com que a massa gosmenta escapasse de seu controle e espirrasse para todos os lados — "Será que deveria estar tão estranha assim?" — pensou. Fora o cansaço e a dor no braço que começava a sentir. Em um momento em que deu uma parada para tomar fôlego, ouviu algo. Voltou-se para a porta da cozinha e, pelo vidro jateado, percebeu uma silhueta. Logo sacou de quem era, mas de imediato obrigou-se a acreditar em uma alucinação. Não queria abrir. Porém, não demorou muito para ouvir um miado e ter certeza do pior: tinha sido mesmo pego em flagrante.

Com o rosto sujo de farinha e as mãos enlameadas, abriu a porta. Lá fora estavam Zarifa e Astrid. A gata avançou pela cozinha, subiu na mesa e, curiosa, meteu o focinho dentro da tigela em que Joca trabalhava, experimentando a gororoba. Zarifa, com

os cabelos desalinhados, vestindo seu *hobby* de dormir e trazendo olheiras pouco convidativas, caminhou alguns passos sem nada dizer, dando apenas uma geral no ambiente.

— Quem ordenou que você escapasse da minha casa e viesse para cá fazer essa bagunça toda? — questionou Zarifa. — Acho que agora tenho motivos suficientes para ter uma conversa séria com Liana e colocar as minhas rédeas em vocês.

Aquilo parecia mais um pesadelo. Zarifa avançou na direção do garoto como se fosse um monstro de filme japonês e pegou-o pelo colarinho. Joca estava certo de que não sairia vivo daquele confronto, tamanha era a fúria da senhora. Mas conseguiu escapar e se refugiou no canto da cozinha, protegendo-se com um rolo de macarrão que encontrou pelo caminho. Encolhido e apontando o objeto para ela, suplicou o perdão para não levar uma surra e foi conduzido pela sua sinceridade, que o fez revelar suas reais intenções.

— Dona Zarifa, me desculpe! Eu só queria treinar uma receita. Eu só precisava descobrir se eu era capaz de cozinhar sozinho para participar daquele programa de televisão...

— Que programa? — ela perguntou, surpresa.

Estranhando o novo tom dela, mais ameno, Joca teve coragem de encará-la. Os olhos dela traziam curiosidade.

— Você está falando do *Cozinha aí*?

— Sim, sim. Eu ouvi na televisão... – disse, gaguejando. — Tenho 13 anos e posso participar. É que eu queria tentar ganhar o prêmio para ajudar neste final de ano... e tem essa coisa de o meu pai cozinhar, vai que eu tenho o mesmo talento que ele.

— Claro! Lógico, Joca! — ela se exaltou, com uma nova energia.

— Mas acho que não vai ser o caso! — disse o menino, apontando para a bagunça que tinha feito.

— Calma, calma! — pediu ela. — A gente vai dar um jeito...

E, eufórica, pegou o pano de prato que estava pendurado em um gancho na parede e começou a limpar tudo.

— Eu vou te ajudar a aprender a cozinhar. Eu sei umas coisas e tudo mais.

Joca encarou com receio aquele tom conciliador de uma hora para a outra. Ela percebeu o estranhamento do menino e, por isso, puxou uma cadeira para perto dele. Sentou-se e, como uma amiga íntima, também confidenciou um segredo:

— Seria a chance de eu também realizar um sonho.

Joca levantou a sobrancelha.

— É a minha chance de acompanhar ao vivo um desses programas que eu tanto gosto. Sempre quis ir lá no auditório, ver como funciona — ela revelou de um jeito meigo, quase sereno. Ou seja, irreconhecível. — Seria tão lindo! Tão lindo!

OITO

Érico tomou um susto quando despertou e viu uma movimentação atípica no meio da sala da casa de Zarifa. Lá estava ela junto de Joca carregando um trambolho até a mesa de jantar. Porém, mais estranho do que isso, era o fato de os dois estarem tão próximos e em paz, ao contrário do que acontecia de costume.

O garoto, ainda sonolento, jogou-se no sofá para acompanhar o que a dupla fazia. Atentou ao objeto que Zarifa manuseava: um imenso monitor, daqueles antigos, de tubo. De uma sacola que estava em cima de uma das cadeiras, tirou fios — que entregou a Joca — e também um teclado.

— Você tem certeza de que isso vai funcionar? — perguntou Joca, encarando a máquina pré-histórica.

Érico, já nascido na era dos celulares compactos e ultrafinos, demorou a entender que tratava-se de um computador.

— Olha, é o único jeito que temos de fazer a inscrição — argumentou a senhora. — Não precisa entrar em *site* e tudo mais? Então agradeça que eu tinha este computador guardado lá no porão. Vai dar para agilizar tudo!

O jeito animado daquela fala causou certo desconforto no caçula de Liana. O que, afinal, teria acontecido naquela noite para que o clima amanhecesse tão amistoso?

Joca organizou a fiação, conectando uma ponta no monitor e

outra na tomada, e Zarifa sentou-se em uma cadeira diante do computador. Ela esfregou uma mão na outra, como quem se prepara para realizar uma grande tarefa. Depois, seu indicador, que trazia uma unha vermelhíssima, apertou o botão de ligar. Nenhum sinal de vida. Joca, que também esperava ansiosamente pelo acender da tela, desanimou.

— Vamos esquecer tudo isso, Dona Zarifa! — suspirou. — Vai dar mais trabalho do que a gente imagina!

— Na-na-ni-na-não! — contestou ela. — Agora estamos juntos nesta missão de te levar ao *Cozinha aí*. Eu vou fazer de tudo para você chegar na final!

Foi aí que Érico começou a compreender que os dois tinham um plano em comum.

— Você vai participar do programa de televisão onde as crianças cozinham? — questionou, olhando para o irmão. — Mas você não sabe fazer nada!

— Isso não é problema, queridinho! — interrompeu a mulher. — Eu serei responsável para que ele se torne um craque no fogão. Não vai ter para ninguém!

— Ah... e, de repente, esse negócio de cozinhar está no nosso sangue... — balbuciou Joca, um tanto sem graça.

Érico ficou admirado. O irmão estava falando sobre o pai, assim, naturalmente? Aquilo era uma grande novidade.

— A gente precisa se arriscar... — concluiu o garoto, antes de ver Zarifa dar um tabefe no monitor.

Depois daquela inusitada atitude, a tela foi acendendo. Quando se deu conta disso, a senhora se levantou e fez uma dancinha ridícula, comemorando a conquista.

— Conseguimos! Conseguimos! — e ela rebolava diante do computador.

Joca percebeu que, lentamente, uma imagem de fundo ia

surgindo, com ícones e pastas. Foi como uma luz no fim do túnel: parecia que era possível utilizar o aparelho para o que precisavam. Rapidamente, sentou-se na cadeira, abriu uma página de navegação da internet (ele conseguiu se conectar à rede de uma vizinha, cuja senha tinha descoberto) e digitou o endereço que o locutor repetia no comercial.

O *site* do programa abriu, todo colorido. Ali, via-se um imenso título que clamava: "Você quer ser o mais novo jovem *chef* brasileiro? Inscreva-se!". Ao lado, a ilustração de um jovenzinho vestido com roupa e chapéu de *chef* de cozinha. Depois, um texto complementar explicava que as vagas para a temporada especial do programa estavam acabando. Sem perder tempo, Joca clicou no *link* "Faça sua inscrição" e uma nova página se abriu, com vários campos a serem preenchidos.

— A gente precisa achar um nome para você! — alertou Zarifa, que chacoalhava as mãos de tão ansiosa que estava.

— Ué, mas eu já tenho um nome... — suspeitou Joca.

— Não, menino! É legal os participantes desse tipo de programa terem nomes diferentes, que fiquem marcados na cabeça do espectador. Eu nunca vou me esquecer da Cris Bolinho, que venceu a primeira edição do *Sabores na TV*.

— Cris Bolinho? É esse tipo de nome que você sugere que eu use? — perguntou o menino, fazendo uma careta. — Tipo, Joca Tortinha? Você acha mesmo que isso vai dar certo?

Érico, que ouvia toda a conversa em silêncio, pegou o papo no meio e sorriu como quem tem uma iluminação.

— Joca Portoluna! — disse. — Como a torta do papai...

Joca e Zarifa olharam simultaneamente para o garoto, percebendo ali sua presença.

— Mas isso é ótimo, Érico! — animou-se a senhora.

— É... — e Joca balançou a cabeça positivamente. — É sonoro...

— Está decidido! — disse Zarifa, tirando Joca da frente do computador e se colocando no lugar dele. — Vamos inscrever o Joca Portoluna na competição. Vai ser um sucesso!

E ela começou a digitar rapidamente as teclas, com uma habilidade impressionante. As lacunas iam sendo preenchidas com os dados do menino, com o nome de sua mãe, mais as informações de contato dela.

—E o que você acha que devo escrever "Nome do pai"? — perguntou ela, constrangida.

Joca engoliu a seco. Quase revelou como aquele homem se chamava, mas se conteve a fim de manter o segredo para o irmão.
— Coloque: "Desconhecido".

Quando tudo estava devidamente completado, ela parou, uniu as mãos e balbuciou algumas palavras. Os meninos ficaram apenas observando o ritual de fé dela, intrigados com tanto empenho. Depois da breve reza, clicou em "Enviar".

— Bom, agora eu só preciso aprender a cozinhar algo... — suspirou Joca. — Eu imagino que, para ser selecionado, é preciso fazer um teste, não é?

"Será?" — pensou Zarifa. — "Porque a estreia do programa está logo aí. Será que dá tempo?".

— Eu não sei como funciona. Você que é *expert* no assunto...
— Não seria legal ler o regulamento? — sugeriu Érico.

Sim, era essencial. Então Joca tomou frente e buscou o *link* com os detalhes da competição. Os três se posicionaram na frente da tela e conferiram sobre o funcionamento do programa. Lá informava que a edição seria uma espécie de temporada *pocket*, com apenas três etapas. Dessa maneira, durante três semanas os participantes iriam mostrar suas habilidades para um trio de jurados que seria revelado só no dia da estreia. Em cada etapa, alguns competidores seriam eliminados. O texto ainda destacava que to-

das as receitas a serem apresentadas deveriam funcionar para uma ceia de Natal.

— Será que a torta do meu pai se encaixa aí? — perguntou Joca.

— É claro! — exclamou Zarifa.

— Então já vou apresentá-la de primeira!

— De jeito nenhum, Joca! Esta é uma receita que só você tem, é seu grande trunfo: deixe-a para a final — orientou ela, como uma especialista.

— Tá, o problema é que eu não sei nenhuma outra receita para começar a treinar...

Zarifa saiu de onde estava, puxando uma das cadeiras da mesa. Levou para perto da geladeira, querendo alcançar um pequeno armário que ficava bem em cima dela. Abriu as portinhas e pegou uma pilha de livros. Desceu, equilibrando-os no colo e espalhou-os em cima da mesa.

— Livros de receitas! — exclamou Joca. — Quantos!

— Pois bem, Joca! Agora nossa missão é aprender o máximo de receitas até o dia da estreia. Vamos começar agora, mesmo sem saber se você vai ser chamado ou não. Pode organizar sua vida para se transformar em um excelentíssimo Jovem *chef*, como eles falam na chamada do programa! Ah, e exijo disciplina e dedicação.

Joca suou frio. Percebeu que a jornada seria de muita rigidez e

Zarifa parecia não estar de brincadeira mesmo.

— A partir de agora, você é Joca Portoluna! — celebrou.

Érico nem ouviu as últimas orientações da vizinha para o irmão. Distanciou-se dos dois, pois sua cabeça já estava em outro lugar. No quarto que ocupavam, buscou o caderno em que andava anotando suas estratégias para encontrar o pai. Agora, de súbito, sacou que um novo caminho poderia ser aberto: o tal programa da TV sobre culinária. Esperto, ele viu que ali havia uma bela oportunidade.

— Afinal, se meu pai conseguiu realizar seu sonho de verdade, alguém da área há de conhecê-lo. Chegou a hora de entrar nesse universo. Tomara que não seja tão difícil encontrá-lo.

NOVE

Era como se Zarifa estivesse entrando no paraíso. Não à toa, escolheu seu melhor traje — um vestido laranja exagerado que cobria o corpo do pescoço aos pés — e se emperiquitou com brincos, colares e pulseiras tirados do fundo da gaveta, pois nunca tinha oportunidade de usá-los. Ela caminhava a passos lentos pelo imenso corredor da emissora, abobalhada, sem acreditar que aquele dia havia chegado. Tentava prestar atenção em cada detalhe para nunca mais esquecer. Érico, agarrado em seu braço, direcionava-a pelo caminho certo, para que não se perdessem. Joca seguia mais à frente, tentando identificar alguém da produção. Esta era a orientação que tivera quando recebera o *e-mail* com a confirmação de sua participação no *Cozinha aí*: que devesse comparecer com seu responsável aos estúdios da TV Suprema, localizado na região do Sumaré, na data e no horário marcados e que procurasse algum integrante da equipe do programa. Por todo o percurso, cruzava com crianças que provavelmente eram os outros participantes. Mas a verdade era que Joca estava muito incomodado pelo fato de ter sido selecionado tão repentinamente.

— Como me convocaram sem teste algum? — repetia sem entender.

— Fique calado, menino! Não questione nada! — exigia Zarifa, puxando-o para mais perto. — Se ocorreu algum tipo de erro, ninguém precisa saber. O mais importante é que estou aqui. Quer dizer... que estamos aqui!

Não demorou muito para os três serem interceptados por uma jovem de cabelos curtinhos, que carregava na cabeça um fone de ouvido com um microfone. Seu sorriso trazia uma felicidade forçada, uma simpatia não natural, exibindo parte de sua gengiva.

— Algum de vocês é o Joca Portoluna? — ela perguntou. Ai, só falta esse participante chegar...

Envergonhado, o menino assentiu.

— Muito bem! Eu sou a Fafi, produtora do *Cozinha aí* — ela se apresentou, esticando a mão em um cumprimento. — A partir de agora, estamos todos juntos nesta aventura. Hoje vamos gravar o primeiro programa, está preparado?

— Mas já? — ele se assustou.

— Lógico! — Fafi pareceu sorrir mais ainda. — Você deve estar sedento para colocar a mão na massa, não é?

Animada mesmo estava Zarifa:

— Estamos prontos sim, Dona Fafi.

— Muito bem! Me acompanhem, vou levá-los ao camarim.

— Camarim? — e os olhos da senhora brilharam. — É um daqueles que os artistas ficam?

— É isso mesmo... — a produtora achou graça da mulher. — Mas hoje os artistas são esta garotada.

E, então, ela abriu a porta de uma salinha muito apertada, onde se encontravam mais seis participantes e seus respectivos familiares. Digamos que algo era bem menos luxuoso do que Zarifa esperava. Érico logo se acomodou em um sofá que ainda estava vazio, mas a vizinha zanzou pelo local, mais preocupada em fazer registros com seu celular: fosse o pequeno banheiro da emissora ou a pobre mesa com comidas oferecidas aos presentes.

Joca, por sua vez, encostou em um canto e começou a fitar

seus concorrentes. Um menino oriental que parecia ter sua idade acenou para ele, como quem dá boas-vindas. Achou o sujeitinho simpático e cordial. Uma outra garota um pouco mais velha, que já parecia uma adolescente com seus 15 anos, por causa do corpo desenvolvido, ignorava tudo ao seu redor, ultraconectada em um celular moderno. Havia uma menina baixinha e muito emburrada que provavelmente tinha sido obrigada a participar do programa pelos pais, que estavam ao seu lado bastante deslumbrados. Um garoto andava de um lado para o outro repetindo o passo a passo de uma receita que Joca não conseguiu identificar qual era. Ainda assim, ouvindo algumas partes, assustou-se com a complexidade: falava em vinho e em flambar. Temeu ter se jogado na cova dos leões — que, no caso, era estar no meio de alguns pequenos monstros da cozinha. Suas pernas bambearam e quis que elas não falhassem para o levar para longe dali o quanto antes, já prevendo a vergonha que iria passar.

— Zarifa... — ele puxou a vizinha de lado. — Acho que ainda temos tempo para desistir. Eles parecem ser muito bons...

Ela revidou o pedido dando um tapa na mão dele grudada em seu braço. Teve o intuito de não apenas afastá-lo, mas também aquela ideia absurda que tivera. Deslocado entre aqueles estranhos, o garoto tratou de procurar o irmão, querendo uma companhia que pudesse lhe trazer um mínimo de confiança. Mas ele não estava mais ali.

É que Érico sabia que não podia perder tempo — ele tinha um objetivo muito claro a cumprir. Por isso, saiu à francesa do camarim e seguiu para os corredores. Seu propósito era conseguir chegar até os profissionais da cozinha envolvidos no programa — deveria ter algum! —, com quem poderia, de repente, levantar as primeiras pistas sobre o pai. Perdido pelos bastidores do canal, cruzou com um tumulto. Como era de se esperar de uma criança de 10 anos, ele se aproximou curioso para saber do que se tratava.

— A gente pode falar com a Ciça? — pedia uma moça que carregava uma câmera na mão.

— Precisamos de uma fala dela, por favor! — insistia outro rapaz. — Sou repórter!

Uma pessoa com uma camiseta semelhante à da produtora que os recebeu tentava controlar os ânimos.

— Daqui a pouco vamos começar a gravar, ela está concentrada. Por favor, não a incomodem!

Entre empurrões e trombadas, já no meio da confusão, Érico pôde ler o que estava escrito em uma placa na porta: Ciça Jones. Mas aquele nome não lhe dizia nada, nunca o tinha ouvido. Não demorou muito para os insistentes jornalistas se dispersarem, sem conseguir cumprir suas pautas. Érico sentou-se no chão ali mesmo para decidir o rumo que iria tomar.

Foi quando a porta que trazia o tal nome se abriu. De lá de dentro saiu um sujeito muito alto, com cabelos grisalhos muito bem penteados, vestindo um paletó marrom e com anéis brilhantes nos dedos. Atrás dele, um sujeitinho menor, com sorrisinho no rosto, que tinha um cavanhaque branco engraçado e uma espécie de tique no olho — piscava sem parar. Ele trajava um excêntrico terno, todo xadrez nas cores vinho e cinza.

— Então, estamos mais combinados do que nunca! — celebrou o grandalhão, colocando a mão no ombro do colega.

— Pode ter certeza, meu querido: este Natal será nosso! — o outro anunciou às gargalhadas.

O sujeito com a roupa engraçada logo foi puxado por Fafi, a produtora.

— Vamos, Bosco! A gravação começa em minutos.

Enquanto isso, o homem corpulento permaneceu todo altivo, com um ar de plenitude e satisfação.

— Érico, menino atrevido! — falou Zarifa, vindo na direção dele, carregando sua bolsinha e tilintando suas bijuterias. — Seu irmão já foi chamado para entrar. Precisamos ir, vai começar o programa!

Érico levantou-se lentamente, pensando como poderia escapar outra vez. Mas percebeu Zarifa paralisada diante da porta.Ela lia a placa que ali existia.

— Ciça Jones vai participar do programa? — ela se questionou.
— Você a conhece?
— E quem não conhece?
— Eu...
— É a menina mais talentosa da cozinha brasileira. Ela venceu um outro concurso de culinária infantil, quando tinha apenas 6 anos. É um fenômeno! Tanto que ela tem até... um camarim exclusivo!
— Jura? — espantou-se o menino ao se dar conta daquilo.

"Preciso orientar o Joca a mirar no segundo lugar" — constatou Zarifa. — "Porque vencer essa menina será impossível! Impossível!".

DEZ

— Está no ar a edição especialíssima do *reality show* que dá água na boca em todo o Brasil: o *Cozinha aí*. E, desta vez, a temporada é mais do que especial, porque quem vai conquistar o país são os jovens talentos da cozinha.

Foi dessa maneira que a voz estridente e inconfundível de Amora Bicudo iniciou a gravação do primeiro episódio. A plateia toda aplaudiu a moça de cabelos pretíssimos escorridos e corpo escultural, que contrastava com a proposta "família" do programa e seu espírito natalino. Mas sua escolha como apresentadora da edição tinha uma razão: no verão anterior, Amora havia explodido nas redes sociais dando dicas de alimentação saudável, tornando-se uma das principais *influencers* do país. Em pouco tempo, já era a garota-propaganda da linha *fitness* da empresa alimentícia Sr. Villarino, que, no caso, era a patrocinadora daquela edição do programa. Além do potencial de engajamento do público, Amora, evidentemente, teve um belo empurrãozinho para ocupar o posto.

— Desta vez, são os jovens que vão mostrar todo o seu talento! — ela explicou, sendo ovacionada. — Nas próximas três semanas, vamos acompanhar oito jovens cozinheiros que vão competir para dar ao Brasil uma receita única que vai inspirar a ceia de milhares e milhares de casas.

Zarifa tinha encontrado um local estratégico para que não perdesse nenhum detalhe da competição. Neste momento, ela até buscou um lenço na bolsa para secar uma lágrima escapada por conta da emoção que sentia. Ao seu lado, um Érico bastante desinteressado com o que acontecia no palco – e envergonhado com sua companhia.

– A receita vencedora será premiada pela fábrica Sr. Villarino e comercializada em todo o país neste Natal! E o vencedor levará para casa a quantia de 10 mil reais.

Dez mil reais. Dez mil reais. Dez mil reais.

O valor do prêmio ecoou nos ouvidos de Joca, que esperava ser chamado para entrar. Foi preciso ouvir aquela informação para relembrar o motivo de ter se submetido àquela situação. Senão, teria fugido, tamanha sua insegurança.

– E agora vamos conhecer quem são os nossos três jurados! Aqueles especialistas que terão que ter seus corações conquistados pelos cozinheiros. Acho que esta tarefa não será fácil – brincou a apresentadora, antes de chamar o time ao palco.

Na sequência, apresentaram-se para o público o crítico gastronômico Rúbio Ribas, que há décadas ocupava o posto de jornalista mais importante no ramo, reconhecido por um jeito nada afável de avaliar o que provava; a *chef* Dona Madá, uma doce senhorinha muito agradável que tinha cabelos loiros esvoaçantes e sempre usava sombra verde nos olhos, dona de um restaurante de comida caseira na região do Largo de São Bento, no centro da cidade; e o empresário Bosco Villarino, dono da empresa patrocinadora do programa.

"Mas este cara não me é estranho..." – pensou Érico, ao reconhecer aquele terno xadrez vinho e cinza e o cavanhaque que achara divertido.

Joca estava impaciente, já vestindo o avental com o nome do

programa, que a produção lhe dera. Cada um esperava ser anunciado por Amora Bicudo para entrar em cena. Mas o comentário geral era que ainda faltava chegar um dos concorrentes.

O cenário tinha paredes laranja e *pink*. Os objetos seguiam o tom de roxo, em suas diversas variações. Era algo bem atrativo e divertido. Ao fundo, a imensa logomarca do programa e um relógio que marcaria o tempo das provas. No centro, ficava Amora, sendo rodeada por oito bancadas — cada participante ocuparia uma. Do lado direito, a mesa onde ficaria o júri. Do lado esquerdo, uma espécie de mercado em que os competidores teriam os ingredientes para suas receitas à disposição.

Pouco a pouco, um deles era recrutado. Joca foi o último da fila que se formou nos bastidores. Entrou no palco cabisbaixo, todo envergonhado, e seguiu para o lugar indicado. Estava mais ao fundo e passaria incólume, não fosse o escândalo feito por Zarifa na plateia.

— Já ganhou! Já ganhou! Já ganhou!

Mas nada se compararia à hecatombe gerada com o chamado da última e misteriosa participante.

— E, para finalizar nosso time de competidores, eu tenho a alegria de convocar... — e Amora fez um suspense antes de dizer o nome. — ... Ciça Jones!

O estúdio veio abaixo. Ela tinha uma torcida organizada que ocupava a maior parte dos lugares, que aplaudiu, gritou, bateu o pé no chão e levantou faixas. Joca estava curiosíssimo para saber quem era a tal garota. Ela, então, entrou.

Sorridente e segura, Ciça caminhou até a bancada que ficava bem ao lado da dele. Joca estava impressionado com a garota. Nunca tinha visto tanta beleza em uma pessoa só. Tinha cabelos ruivos presos em um rabo de cavalo despretensioso e os olhos castanhos que miravam no fundo do olho de quem cruzava com ela.

Como era carismática! Como atraía as pessoas! Ela vestia uma blusa vermelha e uma calça *jeans*, além do avental do programa, como todos os outros participantes.

Joca ficou meio desorientado, é verdade. Tanto que perdeu o início da explicação da prova que teriam que realizar.

— Vocês descobrirão agora qual é o ingrediente misterioso que deverá ser a base da receita de hoje! – avisou Amora, sempre fazendo seu papel de promover a alimentação saudável: – Eu sei que é uma delícia, mas comam com moderação, gente!

Então, um carrinho foi trazido até o centro do palco. Um pano verde-limão o cobria por inteiro. Então, dado o sinal, o segredo foi revelado e todos viram ali um pote de doce de leite.

— É isso mesmo, gente: todas as receitas feitas hoje deverão trazer doce de leite! Prontos? A prova está começando... AGORA!

Surpresos com o início imediato, os participantes começaram a correr de um lado para o outro. O menino japonês, de tão afoito, até trombou com a adolescente. Joca foi percebendo que todos iam direto para ingredientes específicos – ou seja, deviam ter em mente a receita que iriam fazer. Ele não. Estava perdido, sem saber por onde começar.

— Faz um bolo, menino! Daquele que eu te ensinei. Bota o doce de leite no meio e pronto! – gritou Zarifa, desesperada.

— Ei, ei, ei! Pessoal da plateia, nada de ajudar os competidores! – repreendeu a apresentadora.

Joca, pelo menos, se via com um caminho a seguir. Se daria certo era outra história. Demorou para buscar os ingredientes necessários para a receita de bolo que Zarifa havia lhe ensinado. Paralisado em seu lugar, olhou para o lado e viu Ciça já com a mão na massa. Ao constatar a habilidade da garota, teve certeza de que suas chances eram mínimas.

— Ei, o que você está olhando? – ela perguntou, incomodada. –

Não vem copiar minha receita, não!

— Não, imagine... — o garoto respondeu gaguejando. — Eu tô só pensando aqui...

— Aqui não é lugar de pensar, é de fazer! — respondeu ela grosseiramente. — Parece que você não sabe cozinhar, menino. Então, o que está fazendo aqui?

Joca suspeitou que sua farsa tinha sido descoberta. Em pouco tempo, seria considerado um blefe em rede nacional. Ciça tinha total razão. Amora, toda animada, se aproximou da garota, querendo saber o que ela estava preparando.

— Eu vou fazer um alfajor melhor do que os argentinos — prometeu.

— Vai, Joca, vai! Começa qualquer coisa! — implorava Zarifa.

Foi quando ele deu o primeiro movimento rumo ao mercadinho para pegar o que precisava. Os outros competidores já estavam avançados em suas produções. Ao passar por Ciça, ouviu ela dizer:

— Cozinhar não é para qualquer um!

Joca lembrou-se do pai de imediato. Sentiu raiva. Não dele daquela vez, mas da menina e da provocação. Pensou que ele podia ser tão bom e ter tanta confiança quanto aquele homem que saíra pelo mundo para se tornar um *chef*. Será que não tinha se tornado um mesmo? Quem sabia?

Amora o interceptou no caminho, surpresa:

— Mas você ainda não começou? O tempo está correndo!

Zarifa desabou na cadeira certa de que não assistiria à final.

Érico não queria assumir, mas estava constrangido com a atuação do irmão. Para não ficar ali sofrendo, decidiu sair de mansinho e continuar o que precisava fazer.

ONZE

"Alguém que pareça um cozinheiro. Ou, de repente, que se pareça um *chef* de cozinha. Ou algo do tipo...".

Aquele era o único pensamento que Érico tinha enquanto circulava pelos imensos corredores da TV Suprema. Eles estavam vazios naquele momento, pois todos estavam concentrados na gravação do programa dentro do estúdio 4. O menino seguia com a ideia de encontrar algum profissional do tipo ou, quem sabe, se deparar com uma cozinha de apoio.

Depois de muito circular e quase desistir, o garoto sentiu-se agraciado: encontrou um sujeito parado atrás de uma pilastra, fumando escondido. Ele era bastante alto e magro, e vestia um dólmã como os *chefs* que via na televisão. Mas tinha um aspecto meio desleixado, que contrastava com o rigor e a higiene que aquele tipo de profissional deveria ter. Seus cabelos desalinhados escapavam debaixo do típico chapéu.

Érico, em êxtase, aguardou o momento certo para se aproximar. A princípio, poderia ser a pessoa ideal para conversar, pois parecia um cozinheiro ou algo do tipo. Milhões de coisas passaram pela sua cabecinha. Como chegar nele? Como começar a conversa? Será que já valeria falar sobre o pai? Mas como, se não tinha uma foto sequer, se não sabia como ele era, se nem tinha conhecimento de seu nome? Foi apenas naquele instante que Érico se de sua falha. Sua única escolha seria tentar começar pelo sobrenome da família – Sanchez –, que, provavelmente, era o mesmo que o pai carregava em sua possível carreira.

O sujeito jogou a bituca no chão e pisou nela para apagá-la. Depois, deixou seu esconderijo e seguiu na direção do garoto. Foi naquele instante que Érico pôde ver claramente o rosto do cara, que tinha um jeitão meio bronco. O suposto *chef* passou por ele sem lhe dar bola. Érico ficou sem saber se deveria ou não chamá-lo – e decidiu rapidamente, com medo de perder aquela chance. Saiu, então, atrás dele.

– Ei, por favor!

O homem demorou para se dar conta de que estava sendo seguido. Ao ficar de frente para o menino, orientou:

– Os competidores não devem ficar zanzando por aqui. Volte para o estúdio. Daqui a pouco aquela doida da Fafi vem e te pega pelo pescoço. Vai para a gravação, é por ali – e apontou para o fim do corredor.

– Não, não... eu não sou competidor. O participante é meu irmão – explicou, nervoso.

O sujeito deu de ombros e continuou sua rota. Inseguro, Érico insistiu:

– Eu preciso de uma informação – disparou.

Sem ao menos voltar-se para o garoto, ele respondeu:

– Manda!

Érico hesitou em falar na lata. Tipo: "Estou à procura do meu pai, você conhece ele?". O cara iria rir da cara dele, com certeza. Podia introduzir o assunto aos poucos, até conquistar a confiança do tal, que, até aquele momento, prezava pela indiferença.

— Você trabalha no programa, é? — quis saber o menino.

— Olha, veja só: não rola conversar agora, viu?

Então, Érico se tocou que era melhor parar de segui-lo. Percebeu o tom mais duro e direto e quis evitar uma bronca maior. Alguns passos adiante, o homem se virou para ele. Suspirou fundo, recalibrando a paciência, e se aproximou.

— Trabalho sim neste programa. Às vezes a gente tem que fazer umas coisas na vida, viu...

Érico ficou mais apreensivo ainda, certo de que a conversa podia se estender.

— Então, é que eu preciso...

Antes de conseguir terminar a frase, foi interrompido por um sorriso forçado do cara:

— Não quero ser mal-educado, viu rapazinho? É que hoje tá uma confusão danada por aqui. Me procure outro dia... — falou, antes de acenar e continuar sua caminhada.

— Tá bom... — respondeu o menino em voz baixa. Decepcionado, tratou de retornar ao estúdio.

Quando sentou-se ao lado de Zarifa no lugar que ainda lhe estava destinado, percebeu que tinha voltado na hora mais importante: o júri iria, enfim, experimentar os pratos feitos pelos participantes.

Era perceptível como todos estavam apreensivos. Não era por menos: dos oito que começaram a competição, quatro já seriam logo limados.

O bolo produzido por Joca não era dos mais apresentáveis, mas tinha saído. O garoto oriental estava bastante confiante, pois fizera uma espécie de *sushi* doce que ficara bem bonito. A menina que parecia ter sido obrigada pelos pais não conseguiu cumprir a prova e estava automaticamente eliminada — talvez tivesse feito de propósito. Já Ciça parecia extremamente serena e confiante.

A avaliação começou com Rúbio, sempre seríssimo. Ele experimentou os pratos sem mexer um músculo de sua face. Era impossível saber o que sentia a cada colherada. Zarifa fez uma prece no momento em que ele comeu um pedaço do bolo de Joca.

— Nenhum está bom... — ele falou depois de ter saboreado cada produção. — Esta é a verdade. Por estes pratos, Papai Noel nenhum passaria na casa de vocês neste Natal. Mas eu já esperava por isso neste primeiro dia. De qualquer maneira, vou dar aqui meus votos para os competidores que acho que podem progredir nos próximos dois programas — e, então, conforme as regras, anotou em um papel suas notas e entregou para Amora.

Dona Madá foi a segunda a falar. Com muita ternura e educação, a cozinheira deu seu parecer. Discordou do colega, dizendo que gostava das criações de modo geral. Lamentou sobre a participante que não conseguiu cumprir a prova, trazendo palavras de apoio e estímulo que mais serviram para os pais. Depois, parabenizou cada um dos participantes, anotando suas notas no papel. Não destacou nem criticou nenhum especificamente.

E Bosco Villarino encerrou a rodada. O visual leve e divertido pressupunha uma fala mais amigável, mas não foi o que aconteceu:

— Este bolo, por exemplo — falou apontando para o que Joca tinha feito. — Nem dá vontade de comer. Só experimentei porque era minha obrigação.

Foi no mesmo tom a análise de todos os outros pratos. Ou melhor, quase todos.

— A nossa sorte é que temos Ciça Jones por aqui — celebrou. — Este alfajor que ela fez, meu Deus do céu, nunca vi igual! Se pudesse, já o colocaria na minha linha de produtos.

Ciça ficou até corada com tantos elogios. Depois daquele entusiasmado depoimento, Amora interrompeu as gravações, dando o gancho para os comerciais. Era o momento em que os jurados se reuniriam para decidir quem ficava e quem saía do programa naquele dia.

Zarifa sentia palpitações desde a fala de Bosco. Tinha certeza de que seu sonho havia chegado ao fim.

No retorno, Amora voltou ao palco carregando um envelope:

— Aqui dentro tenho a decisão dos nossos jurados — e ela fazia mais suspense. — Agora vou revelar quem são os competidores que continuam na próxima semana e quem são aqueles que se despedem hoje.

Então, foi abrindo com calma o envelope e tirando de dentro o papel com o resultado.

— E a primeira pessoa que pode comemorar é... Ciça Jones!

Não foi surpresa alguma, todo mundo sabia que ela era um dos nomes que iria ficar. Sua torcida fez até musiquinha para celebrar.

— E também Kim Kato!

E o japonesinho quase desmaiou de emoção.

— ... Laureta Guerra...

Era a adolescente que havia preparado uma receita de carolinas com doce de leite.

— E, por fim... Joca Portoluna!

O garoto estava de olhos fechados, morrendo de medo de ser eliminado. Nem acreditou quando ouviu seu nome. Zarifa e Érico explodiram em alegria na plateia. A vizinha não conseguiu se controlar e invadiu o palco para abraçá-lo.

— Então, assim, encerramos a primeira etapa desta competição. Nos vemos na semana que vem, com estes quatro competidores nos trazendo novas delícias. E vai ter ingrediente-surpresa de novo! Até lá! — concluiu Amora, toda sorridente.

Quando as câmeras desligaram, a moça fechou a cara, deixando esvair toda a simpatia. Zarifa, em um local estratégico, pediu para tirar uma foto com ela e foi ignorada. Os familiares dos participantes que ficaram logo tomaram conta do cenário para celebrar a vitória com suas crianças. Os perdedores partiram, lamentando-se.

Érico, no meio de tudo aquilo, reconheceu o sujeito alto que flagrara saindo do camarim de Ciça antes do programa. Ele quase o atropelou para abraçar a filha.

— Você é demais! Você sabe que a gente vai ganhar essa, não sabe?

Mas Ciça não parecia tão contente — foi, pelo menos, o que sua fisionomia deixou escapar após ser enlaçada pelo pai.

A vontade de Joca, porém, era passar perto da rival para dizer poucas e boas para ela, que havia desacreditado dele.

— Olha aí, estamos juntos no próximo programa! — disse de longe, sem saber se ela ouviu ou não.

Não conseguiu se aproximar mais porque Zarifa o puxara para fora do estúdio. Queria dizer uma coisa o quanto antes.

— Escute aqui, Joca. Foi uma sorte você ter passado por essa. Quase causou um desastre. Se não fosse eu... — reclamou. — Agora, vamos voltar para casa e começar a treinar novas receitas. Não podemos bobear. Além do mais, hoje em dia, qualquer coisa bizarra que passa na televisão cai na internet e todo mundo ri. Presta atenção, Joca: a gente não pode virar *meme*! Não pode!

DOZE

Desde que aquela história da participação de Joca no programa de televisão começou a fazer parte da rotina da casa, a relação de Zarifa com os garotos mudou completamente. As noites que separaram as datas de gravação do primeiro e do segundo episódio foram ocupadas pelas intermináveis aulas de culinária que ela fazia questão de oferecer. Joca, apesar de incomodado com o alto nível de exigência, mostrava-se dedicado. Afinal, os dois tinham o mesmo objetivo: vencer a competição, mesmo que seus motivos fossem muito diferentes. Entre receitas de bolos, salgados, pratos quentes, gelatinas, pudins e tantas outras, nascia um estranho carinho entre as duas partes. Um laço impensável até semanas antes.

Érico estava sempre por perto. Acompanhar as trapalhadas do irmão no preparo dos pratos havia se tornado uma diversão. Durante aquele período, um milagroso bem-estar passou a fazer parte dos dias. Talvez por conta dessa intimidade é que cada um deles pôde deixar uma espécie de máscara social cair e revelar seus sentimentos mais verdadeiros, sem qualquer receio. Os meninos até se esqueceram do sofrimento pela ausência da mãe, sentindo-se mais confortáveis na companhia da vizinha. O momento de cozinharem juntos se tornou uma espécie de comunhão.

— Acho que a mamãe jamais iria me deixar participar desse programa se estivesse aqui — desabafou Joca, enquanto cortava uns legumes para o preparo de um refogado. — Ela não acredita nessas coisas de a gente ter uma vontade, ir lá e conseguir. Para ela, tudo é muito difícil.

— Não fale assim da Liana, Joca! — interviu Zarifa da pia, enquanto lavava alguns recipientes. — A mãe de vocês faz de tudo para lhes dar uma vida digna. Acontece é que ela apanhou muito no caminho dela e, para bem da verdade, não tem coração que aguente: acaba virando uma casca-grossa mesmo. Mas ela é uma boa pessoa.

— Ela nunca mais ligou, né? — quis saber o caçula.

— Falei com ela estes dias, Érico — revelou a vizinha. — Na confusão toda, esqueci de avisar. Ela pediu desculpas e disse que vai ter que estender a viagem por mais uma semana.

— Mais uma semana? — lamentou o filho.

— A vovó piorou? — questionou o outro, preenchendo agora a assadeira com uma massa que produzira.

Zarifa não sabia como contar tal notícia. O caso da avó estava ficando cada dia mais grave, conforme Liana informara.

— Parece que sim... — ela disse sucintamente.

— Será que ela volta até o Natal? — suspirou Érico profundamente, encarando um pequeno Papai Noel em um ímã na geladeira, único item da casa que indicava a época do ano em que estavam. — Porque ela podia trazer um presente pra gente, né, Joca?

Joca parou o que fazia com um nó na garganta. Imaginou que aquele era um desejo verdadeiro do irmão, embora falasse pouco sobre. Também, há quanto tempo não recebia um agrado do bom velhinho? Anos talvez. Sua última lembrança eram os soldadinhos resgatados de uma doação feita por um vizinho.

— Fiquem calmos, meninos! — falou a senhora, olhando amorosamente para os dois. — Vai dar tudo certo!

O tom afetivo surpreendeu novamente Érico. Estava tão à vontade que uma pergunta um tanto embaraçosa surgiu em sua mente.

— Você nunca teve vontade de ter filhos, Dona Zarifa?

Joca olhou com repreensão para o irmão no mesmo instante. Onde já se viu fazer uma pergunta daquelas? Mas, para sua surpresa, o constrangimento esperado não aconteceu. Zarifa puxou uma cadeira e sentou-se, jogando na mesa o pano de prato com o qual secava a louça. Depois, ajeitou o cabelo, tirou o suor da testa e falou:

— Não, Érico. Não nasci para isso. Meu negócio é viver sozinha, ter minha liberdade, sabe? E, além do mais, eu tenho a Astrid, que é a minha grande companheira e que, na verdade, não deixa de ser uma filha para eu cuidar.

Ao ouvir seu nome, a gata miou e pulou no colo da dona. Joca viu aqueles olhos amarelos sempre tão enigmáticos o encarando.

— E por que ela tem esse nome? Astrid "terceira"... — ele também sentiu a liberdade para perguntar.

— Já existiu a Astrid "primeira" e a Astrid "segunda"? — perguntou Érico, cheio de curiosidade.

Zarifa abraçou a bichana e fez que sim com a cabeça.

— Já tive duas gatas como ela. Morreram... — revelou. — Eram muito parecidas. E este é o nome que eu mais gosto na vida. Eu me apaixonei por ele ainda criança, quando assisti no cinema a um filme que contava a vida da rainha Astrid da Bélgica. Ah, que filme lindo! Olha aqui, eu me arrepio até de lembrar — e ela apontou para o próprio braço. — Aí, quando vou batizá-las, não tenho coragem de colocar outro nome. Vou repetindo o mesmo e assim seguirei enquanto tiver vontade.

A gata miou de novo e Zarifa tomou como um protesto.

— Não, minha querida, ainda vamos ficar muito tempo juntas — falou e voltou-se para os meninos, em uma confissão. — Mas acho que esta aqui é a mais especial...

Joca terminou o preparo e colocou o refogado no forno. Zarifa

deu as últimas orientações sobre temperatura e, então, restava esperar. O menino sorriu satisfeito com sua evolução na cozinha. Pouco a pouco, ficava mais confiante em participar da etapa seguinte do *Cozinha aí*. E, além disso, nos últimos dias, sentia uma sensação boa no peito. Demorou para ele entender o que era, mas aquele sentimento parecia tão inadequado que tratou de investigar. Passou noites conversando consigo mesmo para analisar o que estava se passando.

Não era medo nem angústia.

Nem saudade, nem amor (embora nunca tivesse vivido um).

Era uma espécie de vontade muito forte.

Que se misturava com esperança.

Mais fé e paixão.

Por mais que evitasse chegar àquela conclusão, ele descobriu que carregava, de fato, um sonho. E, mais do que isso, ele descobrira que cada um tinha o seu, inclusive Zarifa. E era isso o que, talvez, conectava as pessoas. Porque o sonho de um ajudava o sonho de outro, e assim sucessivamente. E isso era muito legal.

Mas se era tão bom, por que a mãe tanto desprezava aquela sensação? Liana fazia de tudo para afastar os filhos da oportunidade de encontrarem um sonho com o temor de eles irem para o mundo como fora Hermano. Só que ela não sabia que aquela guerra era perdida. Porque, muitas vezes, perco esse tipo de batalha. Porque, mesmo sabendo do que tenho que fazer, traçando caminho a caminho, vivo sendo surpreendido com os sonhos que surgem na jornada e mudam meu rumo. São tão grandes e fascinantes que preciso respeitá-los e trabalhar a favor deles. Isso não sou eu quem escolhe, não sou eu quem decide.

O sonho de Joca nasceu da vontade de fazer o irmão feliz. Misturou com o desejo de mostrar do que era capaz. Encontrou com a possibilidade de descobrir um talento. E aí deu no que deu: a certeza de que poderia ser quem quisesse.

Foi naquele tempo que Joca começou a se reconhecer na figura daquele homem que um dia bateu a porta e nunca mais apareceu. Nunca que ele assumiria isso, mas andava querendo fazer o mesmo a qualquer momento.

Até para que eles pudessem se encontrar por aí, de repente.

TREZE

Joca pisou pela segunda vez no palco do *Cozinha aí* fazendo o maior esforço para se lembrar de todas as receitas que Zarifa lhe ensinara ao longo das noites daquela semana. Seu medo era travar e não ter uma ideia rápida assim que o novo desafio fosse dado. Naquela gravação, a dinâmica seria semelhante à do outro programa, em que os participantes teriam de criar algo a partir de um ingrediente-surpresa. Ele achou até que, por conta da interferência da vizinha no episódio anterior — quando ela soprou a receita que poderia fazer — um número extra de seguranças foi distribuído próximo à plateia. Todo o cuidado da produção era pouco, já que Zarifa e Érico voltaram a ocupar o mesmo lugar, na beira do palco.

Amora entrou vestindo uma roupa colada e fosforescente — parecia ter vindo direto de uma aula de ginástica. Os quatro competidores já estavam posicionados, cada um diante de sua bancada. A apresentadora deu boa noite para os convidados e para os participantes. A câmera passeou pelos rostos das crianças. Laureta Guerra parecia mais inquieta do que na etapa anterior. Kim Kato ficou nervoso quando a famosa musa digital passou por ele e lhe fez um agrado. Joca Portoluna apareceu para o Brasil inteiro com uma cara séria, já que estava concentrado, pensando na melhor técnica a seguir. E Ciça Jones trazia um sorriso confiante, com seus olhinhos competidores atravessando seus adversários. E parecia que seu principal alvo era mesmo Joca.

— Estes incríveis jovens serão colocados em mais um desafio nesta noite. A proposta é que os jurados descubram de quem é o prato ao provarem no final do programa. Ou seja, será uma degustação às cegas. Mas nós todos vamos ver cada detalhe do preparo dos pratos — ela explicou. — E, mais uma vez, teremos um ingrediente-surpresa para animar a galera.

O carrinho com o segredo da noite foi levado por um assistente para o centro do palco. Quando tudo estava pronto, Amora anunciou:

— Elas são queridas por alguns e odiadas por outros. Mas por serem tão polêmicas é que a gente as convocou para o episódio de hoje. Nesta etapa, nossos jovens *chefs* terão de preparar uma receita com um ingrediente típico do Natal: as frutas secas!

No momento em que as uvas-passas, os damascos, as tâmaras e outros alimentos do gênero foram expostos para o público, cada competidor se pôs a pensar no caminho que seguira.

— Valendo! — gritou Amora.

Os quatro saíram em direção ao mercadinho. Laureta tinha decidido preparar *muffins* de uva-passa; já Kim pensou em uma salada com damascos; Ciça trilhou a ousadia e iria fazer um brigadeiro de banana-passa; e Joca optou por um arroz natalino, que traria um *mix* dos ingredientes propostos.

Quando chegou perto da prateleira onde estava o pote de arroz, Joca cruzou com Ciça em busca das barras de chocolate. Na verdade, na correria, os dois acabaram se trombando e quase caíram no chão. Joca, educado, pediu desculpas, mas recebeu em troca uma inesperada provocação:

— Aprendeu alguma coisa desde a semana passada?

O menino não entendeu muito bem a pergunta e, por isso, ficou encarando-a. Ela, com um sorriso cínico no rosto, continuou:

— Deu para perceber que você não sabe cozinhar nada...

O garoto ficou revoltado com a fala da menina. Seu rosto ficou vermelho de raiva. Tratou de encontrar imediatamente uma resposta para dar a ela. De algum lugar de seu subconsciente, despejou a seguinte frase como defesa:

— Saiba que meu pai é um grande *chef*!

Nem ele soube o motivo de ter dito aquilo. Ainda era muito estranha a nova relação que havia estabelecido com aquela imaginária figura paterna.

— Ah, é? E quem é ele? — ela questionou em tom de deboche.

Joca paralisou. Não sabia mais como retrucá-la. O tempo corria. A menina nem esperou qualquer resposta e voltou para sua bancada para dar andamento em sua receita. Joca continuou lentamente a apanhar os ingredientes necessários para sua ideia.

Aquela rápida cena que vivera atrapalhou todo o seu trabalho. Zarifa, da plateia, ficava aflita com a confusão do menino, que trocava as ordens do preparo. A fala de Ciça havia tocado em cheio seu psicológico. A garota, ao seu lado, percebeu o modo estabanado como ele conduzia tudo, inclusive derrubando uma travessa, cujo barulho assustou a todos.

Ao retirar o utensílio do chão, notou que Ciça, ao mesmo tempo que fazia uma mistura em uma cumbuca, ria dele:

— Não adianta ser filho de *chef*, querido — ela falou. — É preciso ser o *chef*!

Joca voltou a seu posto enfurecido. Mas isso é bom quando se consegue usar a revolta em favor de si mesmo. E foi o que ele fez: concentrou-se ao máximo e começou a fazer tudo direitinho. Ele não aceitaria ser alvo de tanta chacota daquelazinha.

CATORZE

Érico precisava, de qualquer maneira, reencontrar o homem que conhecera na semana anterior nos corredores da TV Suprema. Por isso, no momento que achou mais adequado, escapou outra vez das gravações do programa no estúdio e pôs-se a perambular por todos os cantos. De longe, reconheceu Fafi, a produtora que os recebeu no primeiro dia, e imaginou que ela pudesse ter informações do sujeito. A fisionomia daquele homem estava fresca na memória dele, por isso trazia a descrição de suas características na ponta da língua. Porém, antes que chegasse perto dela, viu a moça ser interceptada pelo pai de Ciça Jones, o grandalhão que abraçara a garota no fim do programa anterior.

— Oi, seu Carlo — cumprimentou Fafi.

O homem, sempre com o mesmo sorrisinho malicioso, encostou nela e, com a sobrancelha levantada, perguntou:

— Já ganhamos, né?

A produtora ficou sem graça, mostrou os dentes forçosamente e fez um positivo com a cabeça.

— Mas também está fácil de a gente levar essa. Aquele garoto que vocês colocaram ao lado da minha Ciça é um desastre! — ele comentou.

Da distância que estava, Érico pôde ouvir a conversa. E imediatamente sacou que o sujeito estava se referindo a seu irmão.

— Ordens superiores... — explicou ela. — O menino foi escolhido sem qualquer teste. Ser um desastre é o papel dele, seu Carlo. Caçamos ele de última hora. Foi a maneira que encontramos para ela se sobressair mais.

— Muito bem, vocês são geniais! — e Carlo batia palmas de aprovação. — Vocês entenderam tudo!

Érico ficou sem reação. Começou a tremer ali mesmo. Era muito absurda a possibilidade de tudo estar sendo armado a favor de Ciça Jones. Um tanto atônito, deu meia-volta e andou confusamente pelo corredor, sem qualquer rumo, até se chocar em algo. Ou alguém.

— Ah, mas veja só! — ele ouviu ainda caído no chão. — Parece que o garotão está perdido outra vez.

Quando voltou seu olhar para o alto, um sorriso se fez no rosto de Érico: estava diante de quem procurava. Era ele! E, desta vez, no peito do homem, um crachá pendurado trazia sua foto e seu nome: Domenico.

— Talvez eu possa lhe ajudar hoje! — ele falou simpaticamente, estendendo a mão para o menino se levantar.

— Obrigado...

Érico foi conduzido até um lugar reservado para os funcionários, uma espécie de sala de descanso.

— Pelo jeito, você não tem paciência para assistir às gravações — supôs o sujeito. — É a segunda vez que você foge lá de dentro.

— É, eu fico impaciente mesmo — o menino respondeu, sentando-se no sofá. — Sempre tenho mais o que fazer.

O homem riu frouxamente e desabou ao lado dele, aparentando bastante cansaço.

— Eu também acho que eu tenho mais o que fazer. Mas aqui estou eu, fazer o que...

— Você não queria estar aqui?

— Na verdade, não. Mas como a gente tem que sobreviver, arranjamos uns bicos para ganhar uma graninha, né não? Aí, às vezes surgem essas oportunidades...

— Sim, está certo. Bom, pelo menos eu acho... — concordou. — Mas você queria estar onde, hein?

— Onde? — surpreendeu-se o homem com a pergunta. — Hum... deixa eu pensar... talvez em Nova York no bem-bom.

— Puxa! Já ouvi falar, mas não sei onde fica.

— Nem eu — o outro riu. — É coisa da minha cabeça. Só um sonho, nada mais.

— E você acha ruim ter sonhos? — questionou o menino.

O homem fez cara de espanto.

— Mas que pergunta mais filosófica...

— Sei lá, só estava pensando... — envergonhou-se Érico. — É que eu imagino que a gente tenha que lutar pelos nossos sonhos, não é?

— Acredito que sim. Mas as coisas não são tão simples assim. Eu que o diga.

— Por quê?

— Nossa, como você é perguntador!

— Desculpa.

— Tudo bem, não estou fazendo nada mesmo.

— Então...

— Então o quê?

— Por que você não acha as coisas tão simples assim?

— Olha só, eu poderia te contar a minha vida inteira se quisesse.

Érico não pensou duas vezes: de repente, conseguiria descobrir mais informações sobre o tal e achar um caminho para sua investigação.

— Então, conte!

Domenico riu, achando aquele garoto de olhos curiosos muito atrevido. O pequeno, é claro, estava mais esperto do que nunca, pensando em quais outras perguntas poderia fazer, como se fosse um grande detetive. O homem relaxou e derramou mais seu corpo no sofá, cruzando as pernas e colocando as mãos atrás da cabeça. Ficou quieto um instante, tentando se lembrar de algo ou pensando, talvez, em como começar.

— Meu grande sonho era ser *chef* de cozinha.

O menino ficou assombrado com a revelação. Foi impossível esconder seu espanto.

— Eu sempre gostei desse negócio de cozinhar, fazer receitas e tal... — continuou Domenico. — Aí, deixei tudo o que eu tinha para trás para tentar a sorte neste mundão.

"Não pode ser..." — pensou o menino. — "Essa história é muito familiar...".

— Mas a vida não foi muito generosa — o homem analisou. — Até consegui trabalhar em uns restaurantes, mas as pessoas nunca foram muito legais comigo. Saí de uns lugares com uma mão na frente e a outra atrás. Minha carreira não deslanchou e agora a vida é assim: um bico aqui e outro acolá.

Érico estava tremendo da cabeça aos pés. Sua boca estava seca, seu rosto pálido. Não conseguia acreditar no que tinha ouvido: a mesma história... seria possível que o que estava passando pela sua cabeça poderia ser verdade?

— Só sei que agora estou aqui, trabalhando neste lugar. São só três semaninhas, eu ajudo na produção dos alimentos, na cozinha e tal. Mas se você quer saber meu sonho hoje... — e ele parou para pensar. — Tem um casarão lá no Bixiga, onde eu moro, sabe? É bonitão, parece de filme antigo. Tá abandonado. Um dia monto um negócio meu lá!

Àquela altura, Érico sentia uma imensa dificuldade de ainda se concentrar na conversa. Não conseguia nem falar direito e nem sabia se poderia fazer a pergunta que precisava. Tipo, se o cara tinha filhos. Era uma loucura aquela coincidência.

— E você, qual sonho tem, molequinho? — Domenico quis saber.

Érico podia falar a verdade: encontrar o pai. Poderia ser até a oportunidade para entrarem no assunto. Mas ele não sabia como dizer, não teve coragem. Antes que qualquer coisa fosse dita, seu pensamento foi interrompido com a porta da sala sendo aberta com violência.

— Você está aí, é? — gritou Fafi, aparentemente muito brava. — Eu te procurei por todos os lugares!

Por um momento, Érico achou que ela estava falando com ele. Mas não: o alvo de sua busca era Domenico. Ela se aproximou do sujeito e puxou-o pelo braço.

— Que arrependimento ter te contratado. Você nunca está a postos para sua tarefa, homem! Volte para a cozinha imediatamente!

Érico ficou revoltado com o jeito como Domenico foi tratado. Quis protestar, mas antes que pudesse ela saiu como um furacão e o novo amigo teve que ir atrás, obediente. Mas ele não parecia se importar muito com a bronca. Continuou na dele, como se nada tivesse acontecido. Levantou-se do sofá tranquilo e deu um aceno para Érico.

— A gente se vê, garotão.

Ele nada disse. Mas pensou na coisa mais maluca que podia:

"A gente se vê... papai?" — disse consigo mesmo.

QUINZE

— E, enfim, chegamos ao momento mais esperado desta noite! – disse Amora Bicudo, tendo ao fundo um ressoar de tambores, que gerava a maior expectativa entre os presentes. – Vamos descobrir quem serão os dois competidores que vão se enfrentar em nossa grande final na próxima semana!

Naquele instante, Érico sentou-se na cadeira ao lado de Zarifa outra vez. Ela estava com as mãos em posição de prece. O restante da plateia tinha os braços esticados com as mãos balançando para o alto, fazendo parte do clima do momento. Mas imagine se o menino estava interessado em saber quem iria para a grande final? Sua cabeça não parava de pensar no tal Domenico.

O arroz com frutas secas de Joca fez sucesso. Foi lindamente celebrado por Dona Madá:

— Preciso confessar que fazia tempo que eu não comia algo tão saboroso como este arroz!

E até tirou um sorriso inesperado do rosto de Rúbio:

— Mas que bela surpresa!

Kim Kato chegou a ser parabenizado por sua salada, mas o sabor não agradou o suficiente para grandes elogios. Já Laureta errou feio em sua receita e teve o azar de Bosco detestar uvas-passas:

— Eu jamais comercializaria um produto com uvas-passas! Meus panetones são docinhos, docinhos – comentou.

Mas o brigadeiro de Ciça foi unanimidade:

— Está no ponto certo! – disse Rúbio.

— Essa mistura da banana com chocolate está divina! — derreteu-se Dona Madá.

— Esta maravilha só podia ter sido feita por uma candidata! — falou Bosco, sem ter conhecimento de quem tinha feito cada uma das receitas

Por fim, Amora pediu calma a todos e puxou o envelope com o nome dos escolhidos. Zarifa estava quase passando mal. Então, a apresentadora começou:

— A decisão do nosso júri é irrevogável e incontestável. Desta maneira, eu tenho o orgulho de dizer que quem está na nossa grande final são os jovens cozinheiros que apresentaram...

Joca suava frio. Laureta colocava as mãos no rosto. Kim tremia da cabeça aos pés. E Ciça mantinha-se firme, ereta, com os braços cruzados.

— ... o inovador brigadeiro de banana-passa...

E aí a torcida organizada gritou sem parar. A garota fez um gesto de vitória. Depois, virou-se de costas para os adversários, sem pouco se importar com quem competiria na etapa seguinte.

— ... e o arroz com frutas secas! — completou Amora.

Joca achou que não tinha ouvido direito. Não podia ser! Ele tinha chegado à final. Era muita sorte de principiante. Será que era mesmo bom na cozinha? Ele estava sem acreditar. Na plateia, Zarifa jogava Érico para o ar. Foi uma festa e tanto. Quando autorizados, os acompanhantes correram pelo palco para celebrar com os dois escolhidos. Zarifa quase atropelou Amora com seu entusiasmo.

— Então, nos vemos na próxima semana, quando cada um desses participantes trará uma receita exclusiva de casa para apresentar aos nossos jurados! Não vejo a hora! Até lá! – disse a apresentadora encerrando o programa.

— Vamos, vamos embora! — chamava Zarifa, cheia de ansiedade. — A gente precisa começar a se preparar para a próxima etapa. Você viu que nosso empenho nesta semana deu certo!

— Está bem, Zarifa. Podem ir saindo, porque eu preciso fazer uma coisa antes de ir embora — falou Joca.

A vizinha puxou Érico para fora do estúdio, enquanto o menino entrou no meio da torcida de Ciça. Ele queria encontrar a própria, apenas para dizer uma coisinha.

— Acho que ainda temos um encontro — falou em tom provocativo, dando-lhe uma piscadinha.

Recebeu uma cara de poucos amigos em troca. A rivalidade tinha mesmo se acirrado e a final prometia um grande embate. Mas Joca, naquele momento, preferia relaxar um pouco — a cobrança estava cada vez maior. E o desejo de vencer também.

Quando saiu na porta da emissora, sentiu o frio que fazia lá fora. Zarifa protegia Érico do vento, abraçando-o. Uma cena, digamos, bastante inusitada.

— Pronto, já podemos ir! — falou o garoto.

Os três começaram a caminhar pelo relento, até que um carro parou ao lado deles. O vidro se abaixou e puderam ver quem o dirigia: era Dona Madá.

— Menino do céu, você tem um enorme talento na cozinha! Não sei se podia falar isso, mas seria uma injustiça minha não te dar mais e mais parabéns!

— Ah... hum... obrigado! — Joca respondeu.

— Deve ter aprendido muito com sua avozinha, né? — ela ainda disse, apontando para Zarifa.

Sem graça, a senhora riu.

— Não sou avó, não... — falou. — Mas é como se fosse...

Os garotos ficaram surpresos com aquela fala. Dona Madá despediu-se e acelerou seu veículo. Durante todo o trajeto até o ponto de ônibus, os três ficaram em silêncio. Até porque suas cabeças estavam tomadas por muitas coisas. Foi quando Joca percebeu um ar triste no irmão.

— Você não está feliz, mano? — perguntou, abraçando-o pelo ombro.

Érico apenas fez que sim com a cabeça. Joca, então, aproximou-se do seu ouvido para lhe fazer a mais linda das promessas:

— Está dando tudo certo para nós, Érico! Vamos ter um Natal inesquecível.

Érico também estava achando.

Mas era por um motivo que Joca ainda nem fazia ideia.

DEZESSEIS

— Calma, Liana! Deixa, ao menos, eu falar... — dizia Zarifa com o velho telefone na orelha, um tanto aflita, tentando acalmar a mulher do outro lado da linha. — Se ele vencer o programa, o dinheiro pode ajudar muito vocês!

Sob o olhar atento de Joca, que também queria dar sua explicação para a mãe, a vizinha usava todos os argumentos para convencer a amiga de que a jornada do garoto no *Cozinha aí* não era uma mera bobagem. Seu maior temor era que a continuidade de Joca na competição fosse proibida. Liana tomara um susto lá na cidadezinha onde passava a temporada para cuidar da mãe quando, um dia, uma conhecida comentou o sucesso do programa de televisão. A tal acompanhava as etapas com o intuito de descobrir boas receitas para o cardápio da ceia de Natal, com a intenção de colocar a filharada para ajudá-la na cozinha. "Se os meninos da televisão conseguem, por que os meus não iriam dar conta também?" – pensava. A mãe de Joca e Érico, curiosa, foi conferir o episódio da semana na televisãozinha em preto e branco, a única que existia na casa. Assustou-se quando viu na telinha um competidor parecido com seu menino. Por um instante, achou que era impressão, que tinha feito confusão, já que a imagem – que chamuscava às vezes – era ruim demais. Só teve certeza quando Amora Bicudo falou o nome dele, Joca Portoluna, e ela ficou louca da vida. Não se sabe, porém, se era porque o garoto estava participando do programa sem sua anuência ou por ele ter assumido aquele pseudônimo, que fazia referência à história do pai.

— Confie em mim, amiga! Eu não iria meter seu filho em uma enrascada — Zarifa falava de maneira serena. — E, olha, vou te falar uma coisa: ele tem todas as chances de vencer! Ele se mostrou uma surpresa na cozinha, Liana! E são 10 mil reais o prêmio. São 10 MIL REAIS! — enfatizou.

Liana, do outro lado, foi se acalmando. A quantia era, de fato, tentadora — ainda mais para ela, que nunca tivera nem metade disso em sua conta bancária.

— Eu estou muito nervosa, Zarifa — ela explicou. — Minha mãe está cada dia pior, ando maluca. Eu vou precisar ficar mais tempo por aqui, não vou conseguir voltar para o Natal...

— Eu entendo. Fica na paz, querida. Os meninos estão ótimos. Mais uns dias não vão fazer diferença, eu dou um jeito — falou a vizinha, diante de Joca e Érico a encarando. — Acho que eles querem falar com você...

— Não passe o telefone a eles, não. Eu estou muito mexida, vou preocupar os dois. Diga que estou bem, mas que vou demorar um pouco mais.

— Pode deixar, pode deixar. E caso esse prêmio venha para a gente... quer dizer, para vocês, vou guardá-lo com o maior cuidado. Aí, quando você voltar, decide o que fazer.

— Obrigada, amiga! Obrigada...

E, então, a conversa das duas se encerrou. Zarifa colocou o telefone no gancho, para a decepção de Érico, que queria ouvir a voz da mãe. Com todo o cuidado, contou sobre o adiamento do retorno de Liana. O caçula ameaçou abrir o berreiro, sempre mais sensível. Joca se resguardou. Abriu a porta e saiu. Zarifa, por um instante, ficou sem saber o que fazer, não sabia lidar com as crianças

naquela situação e deixou que eles pudessem elaborar sozinhos seus sentimentos.

Não demorou muito para Érico buscar a companhia do irmão, que sumira. Joca havia ido até a casa deles e foi encontrado deitado no chão do seu quarto, olhando para as estrelas pela janela aberta. O caçula se aproximou desejando contar tudo sobre o que tinha acontecido dias antes: o encontro com um homem cuja história era incrivelmente semelhante à do pai deles. O assunto estava apertando seu coração desde então e ele precisava dividir aquela aflição e, é claro, a pessoa mais recomendada era Joca — mas morria de medo de sua reação. E não era por menos.

— A gente está esquecido no mundo, Érico! — desabafou o primogênito, sempre exalando sua raiva. — A mamãe esqueceu da gente. Nosso pai nunca mais apareceu. É um irresponsável, uma pessoa cruel. Podia, pelo menos, dar um sinal de vida... um mísero sinal!

Talvez fosse o momento ideal para o pequeno revelar o segredo que guardava. Até porque, apesar da natural revolta de Joca, foi a primeira vez que Érico percebeu um ato falho dele, que demonstrava o desejo de notícias do pai. Então, ficou ali perto inquieto, chacoalhando o corpo e tamborilando os móveis com os dedos. Joca, ainda compenetrado no imenso céu, foi ficando agoniado com a movimentação.

— O que está acontecendo, Érico? Parece que está querendo me dizer algo...

Érico ficou constrangido, mas pensou que tinha chegado a hora. Buscou toda a coragem que guardava e, para não doer tanto, ia falar de uma vez por todas, assim, na lata.

— Joca, é o seguinte...

Antes que pudesse prosseguir, o grito de Zarifa interrompeu a conversa.

— Bora para a cozinha, meninada! Hora do treino!

Rigorosíssima, todos os dias por volta das 20h30 ela recrutava a duplinha para acompanhá-la até a cozinha de sua casa para mais uma aula de culinária. Naquela semana, ao contrário das anteriores, em que várias receitas foram testadas para que o garoto pudesse ter um vasto leque de opções para improvisar nas provas do programa, o foco era a Torta Portoluna.

— Finalmente, vou comer esta torta! — celebrou Érico, ao ver os ingredientes organizados na mesa de jantar. — Minha mãe nunca quis prepará-la para mim.

— Então, por favor, nada de contar a ela sobre o que estamos fazendo — pediu Zarifa. — Já consegui convencê-la a deixar o Joca continuar no programa. Imagine se ela tivesse proibido? Eu não ia me perdoar...

Joca, naquele momento, já começava a tirar as pitayas silvestres das caixinhas. Além da que havia conseguido por conta do bom coração do segurança do Empório do Reino, Zarifa ainda comprara mais duas de tão empolgada que estava com aquela missão. Joca a acompanhou e, daquela vez, não foi perseguido nem interceptado. Chegou até a procurar o sujeitinho que o tinha ajudado, mas não o encontrou.

Com a receita em mãos, o jovem aspirante a cozinheiro começou o preparo. Érico estava ansioso com aquela oportunidade e fazia perguntas sem parar.

— Por que será que esta torta se chama Portoluna? — foi uma

delas. — Você sabe, Dona Zarifa?

Ela fez que não ouviu e continuou dando as orientações para Joca.

— Você sabe ou não? — o menino insistiu, curioso.

Ela sabia. Só não tinha certeza se deveria tocar naquele assunto com eles.

— Portoluna é um vilarejo no litoral conhecido por uma lenda — ela começou a contar despretensiosamente, sempre indicando o passo a passo do preparo para Joca. — É um lugar que tem um rio belíssimo que possui um cais. Nesse local, embarcações vem e vão trazendo e levando pessoas. Muitos anos atrás, um casal que foi proibido de viver seu amor fugiu em uma noite de lua cheia e desapareceu naquelas águas. Pegaram um barquinho e sumiram sem deixar rastros. O caso comoveu a cidade. Diziam que os dois conseguiram viver a paixão eternamente, seja lá onde estivessem. E, desde o acontecido, a cidadezinha virou um ponto de peregrinação de pessoas apaixonadas que querem ser abençoadas pela lua local e ter um grande amor na vida.

— Nossa, eu não sabia! — falou Joca, mexendo na massa.

— E por que será que papai colocou esse nome na torta? — questionou Érico.

— Porque ele achava que a torta também poderia ajudar no amor das pessoas, igual a lenda da cidade — revelou Dona Zarifa.

— E como você sabe de tudo isso? — estranhou Joca.

— Você conheceu meu pai? — quis saber o outro.

Zarifa ficou sem saber como continuar a história. Mas não teve como fugir.

— A Liana me contou. Foi a única vez que ela falou sobre o pai de vocês. Disse que se conheceram nessa cidadezinha. Ela estava de passagem no local com a família dela, enquanto ele era um viajante. Cruzaram-se e se apaixonaram. E foi naquele local que ele criou essa receita, dedicada a ela. Depois, os dois se despediram e cada um voltou para sua cidade, para tocar a vida. Mas o amor nasceu tão grande que o pai de vocês foi atrás dela, no interior de Minas Gerais, onde ela vivia. Liana disse que se assustou com o ato: não imaginava que alguém fosse capaz de ir tão longe por um desejo. Contou também que foi difícil para ela fazer a mudança proposta por ele, de vir morar aqui em São Paulo. Disse que tinha muito medo, mas acabou aceitando.

— Nossa, eu não conhecia essa história... — disse Joca, impactado.

— Portoluna foi um dos primeiros lugares do país a cultivar este fruto, as pitayas silvestres. Eles são mais encontrados na América Central ou até na Ásia, e hoje podemos encontrar em vários pontos do Brasil. Mas não era assim naquela época... — completou Zarifa.
— Não é à toa que esse é o segredo da receita...
— Que fantástico! — falou Érico. — Aliás, o cheiro já está ótimo!
— Espero que dê certo... — disse o outro, aflito. — É minha grande aposta para vencer aquela menina...
— A minha também! — exaltou Zarifa, apontando para o fogão. — Veja aí, garoto, se já está bom. Pode tirar do forno.

Joca fez o que a vizinha ordenou, mas depois de conferir a assadeira voltou com uma cara nada animadora.

— Alguma coisa deu errado: a torta não cresceu... — disse, decepcionado.

O desânimo abateu Zarifa e Érico.

— Amanhã nós tentamos de novo. Ainda temos algumas noites. Até o dia do programa, a gente consegue acertar o ponto — a mulher tentou quebrar o gelo. — Vamos nos animar! A gente está na final, não se esqueçam!

Joca não esquecia um minuto daquilo, talvez esse fosse o problema. Estava se sentindo pressionado, exausto com tudo. Naquela noite, rezou para que a sorte não o abandonasse no último programa. Demorou a dormir, de tão ansioso que estava. Quando conseguiu pregar os olhos, seu inconsciente trouxe à tona tudo o que guardava a sete chaves. No seu sono mais profundo, pôde ver o pai abrindo a porta de casa outra vez. Hermano voltava sorrindo. Ele estava do mesmo jeito da última vez que Joca havia lhe visto, como se o tempo não tivesse passado.

— Desculpa pela demora, meus amores. Voltei!

A mãe não estava presente naquele sonho. Mas o irmão mais novo estava: correu para os braços do pai. Joca também celebrou a chegada com um abraço. Sorridente, o homem trazia uma sacola de compras.

— Venham comigo! — e os três seguiram para uma cozinha. Hermano tirou do bolso da camisa sua caderneta e entregou para Joca.

— Procure a Torta Portoluna, minha melhor invenção, filho. É ela que vamos fazer hoje!

O menino obedeceu às coordenadas do pai, lendo no caderninho exatamente a página que havia ficado perdida na casa. E, então, observou aquele homem habilidoso fazer cada etapa da receita, que culminaria em uma deliciosa torta. Foi capaz de sentir cheiro e sabor vindos de um lugar muito distante. Foi impossível não sentir saudades também.

Coisas que não sabia que um sonho era capaz de fazer.

DEZESSETE

O olhar de Ciça Jones quando cruzou com Joca Portoluna atrás do cenário do *Cozinha aí* na noite da final dizia muito do que viria pela frente. O grande dia havia chegado. A menina encarou o adversário com certa superioridade, mas o garoto não se fez de rogado. Ao contrário das etapas anteriores, em que certa insegurança dava o norte de suas ações, daquela vez ele se sentia inteiro, competente, capaz de muita coisa. Não queria contar vantagem antes da hora, mas estava confiante de sua vitória.

Daquela vez eram apenas os dois. Um seria o vencedor daquela competição.

A ocupação da plateia era desproporcional: torcendo por Joca estavam Zarifa, Érico e mais meia dúzia de pessoas contratadas pela produção, que vestiam camisetas com seu nome. As demais cadeiras eram ocupadas por pessoas vestidas com camisetas com o nome de Ciça e paramentadas com adesivos, faixas e tatuagens *fakes* que faziam alusão à menina. O investimento tinha sido muito alto. Tanto que, quando Amora chamou o nome dela, buzinas e gritos tomaram conta do estúdio. Teve espectador que chegou a ligar para o SAQ da emissora reclamando do susto que tivera em casa. Tudo acontecia em *real time*, porque a tão esperada final estava sendo transmitida ao vivo.

Joca e Ciça, devidamente trajados com o avental do programa, ocupavam duas imensas bancadas, cada uma de um lado do palco, adaptado para o confronto dos dois. Na ponta, em uma mesa que quase fazia um U com as bancadas, estavam sentados os três jurados. Amora Bicudo circulava no espaço restante, sempre pronta para comentar e conversar com os participantes. Para dar início àquela etapa, começou explicando para o público como funcionaria a dinâmica do dia.

— Ciça e Joca enviaram para a produção, em segredo, as receitas que vão preparar hoje. Eles decidiram os pratos com muito carinho e cuidado porque não é dia de improviso: hoje precisam mostrar tudo o que sabem e do que são capazes. É uma dessas receitas que pode chegar na casa de vocês através do Sr. Villarino, que está comprometido em comercializar a que mais encantar nosso júri — falou. — Então, a produção espalhou em nosso mercadinho os ingredientes de que eles precisarão. Hoje, Ciça e Joca terão 60 minutos para preparar a receita em tempo real. É para a gente ver se eles são bons mesmo! Ah, e preparem-se: no meio da prova teremos surpresas!

Os dois jovens estavam a postos. Bastava Amora dizer "valendo" para correrem até o mercado com suas respectivas cestinhas

e enchê-las com os itens necessários. Assim que ela deu o *start*, partiram. Em cada lado do palco, atrás das bancadas, um telão anunciou as duas receitas que seriam produzidas: Joca faria a Torta Portoluna, enquanto Ciça prepararia o Panetone do Afeto. E o relógio começou a contar o tempo.

O primeiro ingrediente que Joca precisava separar eram as pitayas, grande chave do sabor de sua receita. Depois recolheria os mais básicos, como ovo, farinha e manteiga, entre outros. Ciça já tinha pego tudo e voltado para sua bancada, enquanto o menino ainda vasculhava as prateleiras em busca de sua fruta. O tempo corria sem piedade, enquanto Amora fazia pressão:

— Joca ainda não conseguiu pegar nenhum dos seus ingredientes. O que está acontecendo, menino? Agora, a Ciça, sempre hábil, já começou o preparo da massa dentro de uma grande travessa!

O menino estava cada vez mais desesperado. Será que o nervosismo estava impedindo-o de encontrar o que era mais básico? Correu os olhos mais de dez vezes por todas as gôndolas e nada. Zarifa estava estrebuchada na cadeira, enquanto Érico cobria os olhos para não ver o irmão passar por aquilo. Do seu ângulo de visão, conseguia ver os jurados. Rúbio estava sério, como sempre; Dona Madá roía as unhas, nervosa com a confusão que Joca fazia; e Bosco tinha um rosto muito satisfeito, que Érico não entendeu muito bem.

Depois de 7 minutos de prova sem dar início à receita, Joca foi até o centro do palco e Amora quis saber se ele tinha algo a dizer. E tinha:

— A produção se esqueceu de colocar um ingrediente importante da minha receita! — reclamou.

Zarifa saltou da cadeira e começou a gritar:

— É marmelada! É marmelada! É marmelada!

Amora fingiu um espanto – não pelo suposto erro da produção, mas pela ousadia do menino – e ironizou:

– Não perca tempo com essas bobagens! Se você é um grande cozinheiro, é a hora de provar isso. Cozinheiro bom improvisa com o que tem! Use isso a seu favor!

Todo desenxabido, Joca abaixou a cabeça, certo de sua derrota. Voltou ao mercadinho e pegou o primeiro cacho de bananas que viu, pensando em como adaptar sua receita. Ele sabia que não daria na mesma. Jogou as frutas na bancada e começou a descascá-las. Ciça, na sua frente, já despejava a massa de seu panetone na forma. Seus olhares se cruzaram. Ficaram assim, presos um no outro, por alguns segundos.

"Chama seu pai..." – ele pôde ler nos lábios dela, antes de formarem um sorrisinho irônico.

DEZOITO

Completamente desesperado, a única saída de Érico foi, mais uma vez, deixar os estúdios, desta vez para salvar Joca. Precisava encontrar Domenico de qualquer jeito porque, em sua fabulação, não haveria pessoa melhor para ajudá-los naquela situação que... o pai! Esperto e com uma ótima memória, o menino percorreu os corredores rumo à salinha de descanso dos funcionários. Não precisou nem chegar até o local para encontrar quem procurava.

— Domenico, acho que meu irmão está sendo boicotado! — falou ao dar de cara com o amigo. Inteligente e atento, o garoto acabou fazendo todas as associações e juntou as peças para chegar à tal conclusão: primeiro Bosco, o patrocinador, saindo do camarim de Ciça no primeiro dia; depois a conversa de Carlo com Fafi, a produtora, em que dizia que "o programa já estava ganho"; e agora o ingrediente essencial da Torta Portoluna faltando.

— Ah, é? — respondeu Domenico sem muito interesse na revelação.

— Sim! Esqueceram de colocar um ingrediente importante da receita que ele vai fazer: as pitayas silvestres!

Domenico lambeu os beiços.

— Que ousadia seu irmão usar esse fruto! Comi uma vez e nunca mais esqueci. Que sabor!

Aquela fala fez com que o coração de Érico quase saltasse pela boca. Se não estivesse em uma situação de emergência, certamente contaria a Domenico sobre sua suspeita.

— Estão fazendo de tudo para a tal Ciça Jones vencer o programa! — falou, quase caindo no choro.

Domenico ficou sem saber o que fazer.

— Tá, tá bom! O que eu posso fazer para te ajudar? — perguntou, aflito. — Ah, eu não consigo lidar com criança chorando!

— A gente precisa conseguir as pitayas silvestres para o meu irmão o quanto antes.

— OK! — e Domenico pensou um pouco. — Eu sei qual é o supermercado parceiro aqui da emissora. É lá que eles compram todos os ingredientes do programa. Não fica muito longe daqui. Fique aí que eu vou lá e já volto.

Então, Domenico saiu em disparada rumo à saída do prédio. Érico nem pensou e foi atrás.

— Eu vou com você!

Os dois percorreram juntos, noite afora, algumas quadras do bairro até avistarem a luxuosa fachada do Empório do Reino. Era outra unidade da rede em que Joca fora procurar o tal ingrediente semanas antes. Entraram no local e cada um foi para um lado, na ideia de otimizar a busca — afinal, o tempo corria dentro do estúdio.

— Encontrei, Domenico! — gritou o menino.

Quando o homem chegou até Érico, ele estava com uma caixinha na mão, um pouco preocupado.

— É muito caro! Eu não tenho esse dinheiro.

— Nem eu... — respondeu o outro, tirando a caixa da mão do garoto e colocando embaixo de sua roupa.

— Mas você vai roubar? — assombrou-se o menino.

— Nada que eu nunca tenha feito antes... — resmungou Domenico, sem que Érico entendesse muito bem o que ele queria dizer. — Bom, desta vez é por uma boa causa.

Na mesma toada com a qual foram ao Empório, voltaram para o estúdio. Quando chegaram, Domenico entregou escondido a caixa com a fruta para Érico, que avançou pela plateia feito furacão. Restava apenas encontrar uma maneira de passar o ingrediente para Joca, que estava um tanto desesperado.

Já tinham se passado quase 35 minutos de prova, ou seja, metade do programa. Foi quando Amora anunciou a novidade do dia:

— Agora, temos uma boa notícia para nossos dois competidores! Para aliviar a pressão nesta disputa, nós liberamos que vocês escolham um ajudante-mirim para colaborar na finalização do prato! Mas tem que ser jovem, hein?

Sem esperar um minuto sequer, Zarifa empurrou Érico para dentro do palco — afinal, ele era a única opção que Joca teria. Já Ciça escolheu uma prima chamada Dafne Jones, que ficava olhando para a câmera, feliz em aparecer na televisão.

— Érico! — falou Joca no meio de sua confusão. — Vamos ver como você pode me ajudar, meu irmão...

Antes que pudesse receber qualquer orientação, o caçula puxou a caixa de pitayas de baixo de sua camiseta e mostrou ao irmão. Não deu explicação de como a havia conseguido. Nem Joca quis saber.

— Eu te amo, maninho! — celebrou o garoto. — Vamos vencer esta!

DEZENOVE

Zarifa tomou um susto quando percebeu que Domenico estava sentado ao lado dela, no lugar antes ocupado por Érico. Achou-o bastante interessante e ficou enrubescida com o jeito como a olhava. Sua atenção voltou-se totalmente para ele e as batidas de seu coração, que minutos antes se desesperavam pela conclusão da prova, agora tinham uma nova motivação.

— Faltam 5 minutos para terminar o tempo! — anunciou Amora.

Érico vibrava porque já sentia o cheiro gostoso da Torta Portoluna. Depois da primeira tentativa fracassada na noite em que Joca sonhou com o pai, nos dias que vieram o menino tinha pego a manha e conseguido fazer com louvor a deliciosa receita. Não à toa, o competidor estava encostado em sua bancada, supertranquilo, esperando alguns minutos para tirar a torta do forno e montar os três pratos do júri.

Para a surpresa (e o desespero!) da maioria das pessoas presentes no estúdio, na outra bancada as coisas tinham saído dos eixos. Ninguém esperava que o ego da prima Dafne pudesse prejudicar tanto o desempenho de Ciça. Além de sua falta de habilidade na cozinha, o desejo dela em se mostrar para o público fez com que a jovem talentosa se atrapalhasse totalmente. A cobertura de ganache, grande segredo da receita do Panetone do Afeto, havia desandado. Ciça explicara para a prima mexer de um jeito, mas ela não se atentou à maneira correta. Ficou furiosa e teve de tomar as rédeas do preparo. Pediu, então, que Dafne ficasse de olho no forno e tirasse o panetone a tempo. Mas, distraída, a ajudante se esqueceu. Logo, o cheiro de queimado começou a tomar conta do cenário.

— Pare de olhar para as câmeras, Dafne! Trate de tirar o panetone do forno agora! — gritou Ciça, ainda trabalhando no chocolate que seria usado no recheio e na cobertura.

A outra garota, sem muito se atentar, abriu a porta do forno e meteu a mão na forma sem qualquer cuidado. Não deu outra: queimou-se, deu um grito e deixou o panetone rolar no chão.

Nem Amora escondeu seu nervosismo. Tentou mudar o foco dos espectadores, desviando a câmera, que acompanhava a confusão das primas Jones, para ela:

— Parece que esse panetone tem tudo para dar certo, como tudo o que essa talentosa menina faz!

Enquanto isso, Joca já estava cortando sua torta e Érico se divertia espalhando uma calda de caramelo nos pratos dos jurados, para dar um toque de beleza à apresentação. Faltavam apenas 2 minutos no grande relógio que todos avistavam no palco. Bosco Villarino, totalmente fora de si, saiu do seu lugar e ficou ao lado do rapaz que filmava, sempre empurrando sua câmera que insistia em voltar para Ciça. Descontrolado, puxou Amora de lado e deu uma orientação a ela. Assim que o alarme apitou anunciando o final da prova, a apresentadora imediatamente chamou os comerciais.

Uma correria aconteceu no palco. Ciça estava abalada.

— Você arruinou tudo! — gritava ela. — Com certeza vamos perder!

— Sua ingrata! — contestou Dafne. — Eu me coloquei à sua disposição e agora você me trata assim?

O bate-boca aumentou gradativamente. Carlo rapidamente entrou em cena para pôr panos quentes no desentendimento da filha com a sobrinha.

— Calma, meninas! Já estamos resolvendo o problema — ele cochichou a elas.

Mesmo em tom baixo, Joca ouviu a fala do homem. A princípio, não entendeu o que ele quis dizer. Mas não demorou para compreender tudo: uma movimentação se fez em volta das duas. Foram alguns produtores que se aproximaram e colocaram três pratos com pedaços de panetones com cobertura e recheio em perfeito estado.

— Você viu aquilo, Érico? — assustou-se.

— Vi sim! Eles trocaram o panetone ruim que elas fizeram por outro caprichado.

— Na cara dura!

— Eu já estava desconfiando disso...

Quando os pratos foram devidamente colocados na bancada de Ciça, ela mesma ficou sem acreditar no que tinha acontecido. Olhou para seu adversário completamente constrangida. Fafi passou por Joca e Érico avisando que o programa voltaria ao ar em 30 segundos, para que ficassem preparados.

— Espere! Vocês estão trapaceando... — tentou protestar o menino, mas a fala de Amora Bicudo o atrapalhou.

— Olha lá, minha gente querida! Estamos de volta para, enfim, apresentar as receitas dos nossos competidores para os jurados. Cada um deles já está com um pedaço de cada prato para experimentar! — ela falou e a câmera focalizou a mesa do júri.

Os jurados tinham diante de si um pedaço da Torta Portoluna e outro do Panetone do Afeto.

Foi Bosco quem deu início às avaliações. Ele garfou o panetone de Ciça e simulou um desmaio:

— Hummmm... este panetone era tudo o que eu esperava lançar! – celebrou, antes de desdenhar forçadamente a torta dos meninos: — Algo meio sem gosto, sem propósito. Achei que estas tais pitayas não funcionaram.

Rúbio foi o segundo. Sempre sério, deu seu parecer:

— Bom, o panetone está correto, mas não tem nada de especial. Agora, o Joca mostrou uma grande evolução durante essas três semanas. O desempenho dele foi surpreendente. E esta torta, meu Deus! Que sabor divino!

Dona Madá estava tão empolgada com a experiência que tivera ao colocar a Torta Portoluna na boca que até se esqueceu de falar sobre a receita de Ciça:

— A Torta Portoluna, para mim, define o que é Natal. Eu não sei o que acontece aqui dentro, nesta mistura, mas ela mexe com minha memória. Tem amor, mas tem melancolia. Tem alegria, mas também uma saudade amarga. Tem esperança, tem infância, tem fé. Que coisa maravilhosa você fez, menino! — ela celebrou. — Você não: vocês! Porque parece que o irmãozinho deu uma grande ajuda nessa reta final. Eles são a grande surpresa deste programa. Eu diria mais: eles devem estar na mesa de todos os brasileiros neste Natal! Para mim, eles são os grandes jovens *chefs* deste ano.

Rúbio concordou com tudo, enquanto Bosco fechou a cara, contrariado com a fala dos colegas. Cada um, então, deu seu voto, desta vez, em aberto. Bosco levantou a plaquinha com o nome de Ciça, enquanto Rúbio e Madá mostraram para o público o nome de Joca.

Joca não estava conseguindo acreditar. Nem Érico. Só se deram conta de que aquilo podia ser verdade quando Zarifa se levantou de seu lugar e começou a pular feito criança:

— A gente ganhou!!!! A gente ganhou!!!

A torcida de Ciça, chocada com o fato, fazia um silêncio sepulcral. Amora, um tanto sem graça, teve que validar o resultado.

— Parece... parece... Ehhh... — e ela tinha dificuldade de falar, porque tudo havia saído do *script*. Ela encarava a cara de fúria de Bosco, o ódio de Carlo e o desespero de Fafi. Mas era impossível mudar algo àquela altura. — Parece que os vencedores desta edição do *Cozinha aí* foram...

E Dona Madá, percebendo o embaraço da apresentadora e o clima estranho que se fez, gritou:

— Os vencedores foram os irmãos Portoluna! — e ela, junto a Rúbio, se levantou para cumprimentá-los.

Amora foi rápida em se despedir do público e encerrar o programa. Zarifa avançou no palco e abraçou os meninos:

— Vocês são incríveis! — falou. — Eu sempre soube disso.

Ciça correu para os bastidores, fugindo de tudo e de todos. Tentando escapar também, Fafi foi pega pelo braço por Carlo.

— O que aconteceu, hein? — ele perguntou, com a cara enfezada.

— Rúbio e Madá não toparam o suborno, seu Carlo. Eles não aceitaram receber sua grana para votar na Ciça. Paciência, eles não eram obrigados e você tinha ciência disso. Fizemos tudo o que podíamos! — ela explicou, antes de desaparecer da vista do pai da derrotada.

"E agora, o que vamos fazer?" — ele falou para si mesmo.

Bosco, que colou ao seu lado completamente desesperado, também não sabia:

— Eu investi tanto neste programa, quanta grana eu coloquei para dar tudo errado! Estava tudo certo para ela ser a vencedora, a gente lançar a linha de panetones dela. Nosso contrato estava firmado, Carlo, as fotos todas já feitas. Aí me aparecem estes moleques! Quem eles pensam que são? Quem eles pensam?

VINTE

A vitória de Joca deu um senso de urgência em Érico de uma forma que ele desconhecia. Se eu, quer dizer, o destino estava lhe trazendo aquela surpresa tão positiva, o pacote poderia, de fato, contemplar a alegria dele e do irmão estarem mesmo prestes a reencontrar o pai de uma vez por todas. Antes de esse fato se confirmar, porém, o menino sabia que precisava encontrar Domenico para, ao menos, agradecê-lo pela ajuda — não fosse ele conseguir as pitayas silvestres, talvez naquele momento estivessem lamentando uma grande derrota.

A hora de escapar das asas de Zarifa, ainda aproveitando o vai e vem da torcida de Ciça, que ia se deslocando para o lado de fora da emissora (a maioria sem acreditar no que tinha acontecido), se deu quando a vizinha foi chamada por Fafi:

— Precisamos alinhar os detalhes do pagamento do prêmio — disse a produtora.

— Ah, claro, querida! — respondeu Zarifa, se achando.

— Você é a responsável pelos garotos?

— No momento, sim. A mãe deles teve que fazer uma viagem de emergência, então estou tomando conta deles — explicou. — Nesse contexto, posso assumir o papel de... empresária! Não é disso que um famoso precisa?

— É... talvez... — respondeu Fafi, constrangida. — Então, podemos depositar o dinheiro na sua conta?

— Sem dúvida! — falou a senhora, buscando um papel e uma caneta na bolsa. — Vou anotar o número para você, certo?

— Certo...

— E quanto à questão da comercialização da torta pela fábrica do Sr. Villarino? — quis saber, lembrando do outro prêmio prometido.

— Isso eu já não posso te garantir, dona — remediou a funcionária da emissora. — Não sei como estão os ânimos daquele Bosco. Ele não esperava por essa vitória. Na verdade, nem eu...

A realidade é que, àquela altura, Zarifa não estava ouvindo mais nada direito. Tanto que a resposta de Fafi passou batido por ela. Sua cabeça estava mais nas nuvens do que qualquer outra coisa, de tão extasiada com tudo o que estava vivendo.

— Acho que seria bacana fazer uma foto do Joca com a tal Ciça — disse, desdenhando da garota. — Você viu algum dos dois?

Fafi fez que não com a cabeça e tratou de desaparecer depois que Zarifa lhe entregou o papelzinho com os dados. Queria mais é descansar e evitar se encontrar com Bosco ou com Carlo, que lhe encheriam a paciência, ainda querendo explicações sobre a vitória de Joca. Zarifa, então, saiu à procura dos meninos.

Joca não estava longe. Havia voltado ao camarim com o desejo de encontrar Ciça. Talvez, depois de tantas rusgas ao longo da competição, seria bacana selar a paz. Mas, para sua surpresa, a encontrou sozinha no canto do camarim. Estava sentada na cadeira de maquiagem, de frente para o espelho, chorando.

Chorando muito.

O coração de Joca apertou.

— Ei, não fique assim. Você é incrível... — falou o garoto, se aproximando.

Sem voltar-se ao adversário, a menina conversou com o reflexo dele no espelho.

— Eu precisava muito vencer esta competição...

— E fizeram tudo para você ganhar, não?

— Eu não tenho nada a ver com isso. É tudo coisa do meu pai. Como eu odeio! Desde que eu despontei naquele programa de culinária quando eu tinha 6 anos a minha vida é assim. Ele sempre quer tirar vantagem de mim, do meu talento. Por isso fez o combinado com o tal do Villarino. Fui descobrindo a armação aos poucos, mas quando vi, não conseguia mais me livrar dessa.

— Aquele negócio de trocar o panetone foi vergonhoso...

— Eu sei... — ela concordou. — Eu não tinha ideia de que eles seriam capazes de chegar a esse ponto.

— Mas não precisa ficar assim. — Joca tentou ajudar. — Esse prêmio não significa nada perto do talento que você tem.

— Mais ou menos. Eu tinha um combinado com meu pai. Se eu vencesse o programa para ele, ganharia em troca uma viagem para um curso no exterior, para aprimorar minhas técnicas — ela revelou, virando a cadeira e ficando de frente para Joca.

Encarar os olhos dela fez um mal danado para ele. Pôde ver revelada ali a sinceridade de uma pessoa que tinha um sonho verdadeiro, um desejo que vinha da essência. Sentiu-se um impostor por tê-la impedido de realizar isso. E por pura sorte, pensou. Afinal, só queria o dinheiro para dar um presente ao irmão. Se ele perdesse, talvez encontrasse outra alternativa. Mas e a Ciça, o que faria agora?

"Será que o meu sonho valia tanto quanto o dela?" — pensou.

— Ciça... — ele estava prestes a dizer algo, mas foi interrompido por Zarifa, que tinha acabado de encontrá-lo.

— Vamos, Joca! — gritou ela da porta do camarim. — O carro da emissora está nos esperando. Você acredita que eles vão nos levar até em casa hoje? Os vizinhos nem vão acreditar no chiquê...

Inebriado com aquela situação, Joca foi saindo, sempre voltando seu olhar para Ciça. Então, a porta se fechou e ela ficou para trás. Imaginou que nunca mais a veria.

No caminho de volta para casa, Zarifa se deu conta de que tinha sido furtada. Sua carteira não estava na bolsa. Mas pouco se importou, de tão feliz que estava. Comentou com o motorista que um sujeito até a paquerou durante o programa.

— Parece que vem vindo uma vida nova por aí! — ela festejou, animada. — A gente perde de um lado, mas ganha de outro.

Já Joca e Érico estavam confusos, ambos com coisas entaladas dentro deles. O mais velho pelo lance de Ciça. E o mais novo, por conta de Domenico. Estava triste por não tê-lo encontrado e não ter feito a fatídica pergunta que tanto precisava:

"Ei, entre as coisas que você deixou quando foi atrás de seus sonhos, estavam dois meninos?".

segunda parte

O SONHO DE ÉRICO

VINTE E UM

A mãozinha de Érico tentava rascunhar em um papel algo a que sua imaginação tentava dar forma: a imagem de um imenso casarão. Em seu traço infantil, nascia uma casa com dois andares, muitas janelas e uma gigantesca porta aberta, onde se lia "Restaurante Portoluna" em uma placa bem acima. Tudo era fruto de um comentário que escapara da boca de Domenico em um dos dias que os dois se encontraram nos bastidores do *Cozinha aí*. Parecia bobagem, mas aquela história sobre a vontade do sujeito de construir um restaurante em um casarão no Bixiga tornara-se a grande pista que o menino tomou para si na investigação sobre o pai.

Joca estava ali a seu lado, deitado na cama, sem se dar conta do que o irmão fazia. Já era vinte de dezembro e ele sentia uma falta danada da mãe, mas nada comentara com o menor para não dar margem para sua tristeza. Fugia de tal sentimento focando seu pensamento na ideia de que, a qualquer momento, Zarifa chegaria trazendo o dinheiro do prêmio, como prometera. Aí, então, poderiam viver um grande alívio depois de tantos dias estranhos – e tantos anos de sufoco.

Já começava a escurecer quando a campainha da casa tocou. Joca imaginou quem era, dado o horário. Abriu a porta e confirmou sua suspeita. Zarifa avançou pela sala vestindo um sobretudo que cobria-lhe o corpo inteiro. Se sua ideia era utilizar um disfarce para passar despercebida e ninguém na vizinhança notar que trazia algo valioso debaixo do casacão, seu objetivo provavelmente não seria cumprido. Além da vestimenta chamativa, sua feição denunciava o medo de ser roubada no meio do caminho. Apesar do temor, chegara sã e salva a seu destino.

— Está tudo aqui, Joca — disse, entregando a ele um envelope pardo todo amassado. — A emissora depositou o dinheiro na minha conta e eu consegui sacar toda a quantia no banco. Acho melhor essa grana ficar aqui na casa de vocês.

— Está bem... — respondeu o menino, sem acreditar no que tinha em mãos.

Érico pulou da mesa e foi xeretar o recebido.

— Nada disso, mano — falou Joca, afastando o maço de dinheiro do irmão. — Isso aqui não é coisa de criança!

Érico amarrou a cara e cruzou os braços, até porque também se sentia responsável pela conquista.

— O Joca tem razão! — concordou Zarifa. — Tomem conta desse dinheiro e tenham muito, muito cuidado! Fiquem de olho, pois existem muitos interesseiros por aí.

— Pode deixar, Dona Zarifa — assentiu o garoto.

— Bem, agora que já cumpri minha missão... — e ela falava tirando o sobretudo que vestia — ... posso me aliviar. Vou preparar o jantar e já aviso vocês.

Quando virou-se para abrir a porta e seguir para casa, Joca a chamou. Queria fazer uma proposta.

— Dona Zarifa, você não quer pedir uma *pizza* hoje? Aí não precisa cozinhar para nós.

— Uma *pizza*? — ela estranhou.

— Sim... — respondeu o menino, abrindo o envelope. — Temos dinheiro agora. Acho que merecemos celebrar isso.

Então Joca puxou uma nota de 50 reais e entregou para a

vizinha. Pensou mais um pouco e sacou mais três outras como aquela.

— Aliás, já aproveito para reembolsar o investimento que a senhora fez nas pitayas naqueles dias que treinamos a receita sem parar. Ah, e aí também tem a reposição do dinheiro que roubaram da sua bolsa no dia da final — justificou.

Zarifa ficou tão emocionada com a atitude de Joca que, instintivamente, o abraçou afetuosamente. Ele não esperava aquela reação — sentiu-se até sufocado com o tanto que foi apertado. Érico achou graça da cena.

— Você tem um bom coração — ela falou.
— E pensar que a gente não se dava tão bem...
— Pois é...
— Bom, eu vou indo escolher a *pizza* em um cardápio que tenho lá em casa — disse ela sorrindo e mostrando as notas. — Assim que chegar, eu grito.
— Combinado!

Quando a vizinha os deixou sozinhos, Érico correu até o irmão e pediu, apontando o que ele tinha em mãos:

— Posso ver se é verdade?

Foi naquele momento que Joca sentou-se em sua cama e despejou as notas no lençol. Eram quase 10 mil reais.

— Não dá para acreditar... — ele disse extasiado, antes de reforçar: — Érico, você ouviu o que a Zarifa falou, né? A gente não pode con-

tar para ninguém que esse dinheiro está aqui em casa. Então, bico calado!

O irmão bateu continência, como quem compreende a ordem. Joca pegou todas as notas e colocou novamente no envelope. Depois, passou os olhos pelo quarto, buscando o local ideal para escondê-lo.

— Vou colocar aqui dentro do baú de brinquedos, pode ser? — sugeriu, depositando o montante entre carrinhos, bolas e jogos. — Aqui vai ficar protegido.

Feito isso, o garoto caminhou até o irmão e, de frente para ele, pegou-lhe pelos ombros. Mirando o fundo de seus olhos, disse emocionado:

— A gente vai ter o Natal que merecemos, meu maninho!

— A mamãe vai ficar muito feliz!

— Não tenha dúvidas! — riu Joca. — Acho que ela vai até me incentivar a participar de outros programas!

Fazia muito tempo que os dois não se sentiam tão felizes como naquele momento. Na verdade, talvez nunca tivessem se sentido.

— Érico, preciso descer rapidinho aqui na casa do Maicon. A mãe dele está organizando uma excursão para a gente ir levar brinquedos para uma comunidade de crianças carentes nos próximos dias. E eu me comprometi a ir junto. É importante fazer o bem, né? — lembrou. — Vou lá e já volto. E se a Zarifa chamar, me procure.

Quando Joca saiu do quarto, Érico correu para o baú de brinquedos. Sozinho, voltou a tirar o dinheiro de dentro do envelope. Uma ideia tinha vindo na cabeça dele:

"Fazer o bem neste Natal... Por que não?" — pensou, depois do que o irmão tinha dito. — "Aquele homem... aquele homem não me sai da cabeça. Ele pode ser nosso pai! E ele tem o sonho dele.

Será que não podemos ajudá-lo com uma parte desse dinheiro que temos agora?".

Então, o menino correu até a sala para pegar seu desenho. Encarou o casarão rabiscado na folha de papel.

"De repente, é isso o que falta para a nossa família se unir outra vez. Se ele conseguir realizar seu sonho e provar para a mamãe que tudo deu certo, a gente pode ficar junto." – idealizou, pensando consigo mesmo. – "Nós quatro juntos outra vez!".

VINTE E DOIS

A paisagem chegava a dar medo. Quando Zarifa saiu de uma das lojas onde digladiou com outra senhora por conta de um vestido belíssimo que tinha a cara de uma de suas freguesas, logo previu o pior. Se na hora que tinha entrado no estabelecimento fazia um sol escaldante, quando pôs os pés na rua de volta chocou-se com a noite que havia surgido. Nuvens pretas tomaram o céu paulistano de maneira abrupta. E eram apenas 3 horas da tarde.

Ela ainda não tinha terminado de cumprir a lista de compras que trazia em mãos, mas pouco se importou. A cena da água invadindo sua casa começou a passar em *looping* em sua cabeça. Proteger suas coisas, seus pertences e, principalmente, sua Astrid tornara-se a maior das prioridades. Correu atropelando os pedestres, quando começou a sentir os primeiros e pesados pingos. Todos começaram a procurar um abrigo de uma vez só. Logo, a senhora percebeu que o tumulto a impediria de seguir. Além do mais, o trânsito, já intenso na região, ficaria insustentável – pegar ônibus, táxi ou uber era uma ideia a ser desconsiderada. Restava a ela ligar para o telefone de sua residência, na tentativa de acionar Joca ou Érico e exigir que trancassem janelas, portas e o portãozão de chumbo, que protegeria a casa da enxurrada que costumava descer ladeira abaixo em dias como aquele.

O barulho do telefone assustou Érico, que estava compenetrado no computador. Ligara o velho aparelho da vizinha para pesquisar a melhor forma de chegar até o bairro do Bixiga. O céu encoberto até o intimidou, mas ele tomara a decisão e nada o impediria de ir atrás de Domenico naquela tarde. Até porque era a oportunidade ideal, já que Joca tinha saído e, segundo explicara, o retorno aconteceria apenas na parte da noite – era o dia de entregar presentes para crianças necessitadas, na ação de Natal organizada pela mãe de um de seus amigos.

O menino, então, anotou rapidamente as coordenadas em um papel e colocou sua mochila nas costas. Lá dentro, guardou 150 reais que pegara do envelope do prêmio para custear o ônibus ou para qualquer outra emergência que viesse a acontecer. Além disso, pegou uma garrafa de água e um resto de biscoito de polvilho esquecido no fundo de um pote caso a fome batesse.

Durante toda a preparação, o telefone tocava, parava e voltava a tocar. Érico até cogitou atendê-lo, tamanha a insistência, mas preferiu ignorá-lo, pois poderia pôr tudo a perder. Naquelas bandas, a chuva ainda não começara, embora os trovões já dessem o ar da graça. Astrid, que estava deitada no sofá, levantou na hora que o menino abriu a porta e correu até ele.

– Fique aí, gatinha! – ordenou, impedindo sua passagem.

Mas a gata miou como quem faz uma recomendação. Érico sorriu e saiu da casa de Zarifa, deixando a porta da rua encostada.

Antes de partir, porém, teve o cuidado de ir até sua casa e deixou um bilhete para o irmão: "Dei uma saída, volto o quanto antes. Estou indo atrás do que eu mais quero. Não se preocupe!".

Lá estava ele pronto para encarar o mundo. Então, subiu a rua até chegar à grande avenida, onde deveria tomar o ônibus.

– Será que isso vai dar certo? Será?

VINTE E TRÊS

A turma que fora fazer a ação de caridade não demorou a chegar. Quando percebeu que o tempo estava mudando, a organizadora tratou de agilizar os trabalhos para que evitassem o trânsito da volta. O ônibus estacionou na rua por volta das 4h30 da tarde, depois de já ter enfrentado um início de congestionamento da marginal. Todos estavam felizes pela experiência vivida. Joca estava realizado. Quando saltou da condução, a chuva por ali já estava mais amena. Por isso, desceu a rua tranquilamente, conversando com Maicon. Logo, estava diante de sua casa, onde entrou depois de se despedir do colega. Ao avançar pela sala, chamando por Érico, logo encontrou o bilhete em cima da mesa.

"Ele é maluco! A cidade está um caos!" – preocupou-se. – "Será que ele já voltou?".

Então, começou a vasculhar a casa inteira para conferir se o irmão já havia retornado. Mas ele realmente não estava lá. Naquele corre-corre, notou que a tampa do baú dos brinquedos estava aberta. Encafifado, foi conferir o local e notou que o envelope com o dinheiro fora mexido. Tirou o maço lá de dentro e contou as notas: 150 reais a menos.

"Será que alguém entrou aqui e levou parte do dinheiro?" – cogitou, apreensivo. – "Mas, se um bandido tivesse feito isso, teria levado a grana toda...".

Intrigado, voltou para a sala e leu outra vez o recado. Apenas daquela vez atentou-se a um detalhe: "Estou indo atrás do que eu mais quero!".

"O que o Érico tanto quer?" – pensou.

Então, Joca se lembrou dos olhinhos de querer do dia em que o menino viu o globo terrestre no antiquário no centro.

"Será que ele foi atrás disso?" – suspeitou.

Bom, ao menos, com essa hipótese em mente, passou a ter um rumo a tomar.

"Vou para lá!" – disse a si mesmo, pegando também uma quantia dentro do envelope.

Ao sair velozmente pela porta, ouviu um grito vindo do fim da rua:

– Por favor, nos ajudem! – e, então, quase caiu para trás. A frente da residência de Zarifa estava completamente inundada. Um ou outro morador do bairro tivera a coragem de atravessar a pequena represa que ali se fez.

– A água invadiu toda a casa de Dona Zarifa! – explicou um deles, recrutando ajuda. – Alguém sabe onde ela está? Não estamos conseguindo falar com ela!

Joca ficou atônito. Imaginou que Zarifa tivesse se esquecido de fechar seu potente portão. Ficou sem saber se descia para colaborar com eles ou se partiria em busca do irmão.

Não pensou muito: evidentemente, optou por Érico.

VINTE E QUATRO

Quando o cobrador avisou que já estavam na região do Bixiga, Érico saltou do ônibus na Rua Rui Barbosa, que cruza o bairro. Ainda chovia um pouco, o que obrigou o garoto a se esconder debaixo do toldo de uma das inúmeras cantinas italianas que existem ali. De dentro dela vinha um cheiro gostoso que o deixou com água na boca. Mesmo com o estômago roncando, preferiu não gastar a quantia que trouxera com um prato daqueles – até porque seu objetivo era outro. O manobrista do local, que conduzia os fregueses que chegavam naquele início de noite, encarou o menino em uma pausa do trabalho.

– Você está perdido?

Érico tremia de frio.

– Não. Estou procurando um casarão aqui no bairro – ele falou. – Você conhece algum?

O sujeito pensou um pouco e disse, sem passar muita confiança:

– Tem muita casa antiga por aqui. Mas casarão, casarão mesmo, se tiver, acho que só nessas ruas aí para cima. Lá tem umas casas maiores. Por aqui você só vai encontrar os restaurantes mesmo.

– Aqui tem muitos? – quis saber o garoto, que nunca tinha estado na região.

– Ô se tem... – respondeu o homem, que recebia um cliente. – Talvez os melhores da cidade.

Érico ficou animado. Porque aquele dado era mais um que dava sentido à sua desconfiança sobre a identidade de Domenico: afinal, uma pessoa que sonha em ser *chef* só poderia abrir um negócio onde ficam os melhores restaurantes da cidade. O pequeno festejou silenciosamente e agradeceu a informação. Colocou a mãozinha para fora do toldo e constatou que era possível seguir sem se molhar.

Já eram 7h da noite e o movimento local começava a aumentar. Pelas janelas, via famílias dividindo enormes pratos e companheiros de empresas celebrando o encerramento do ano de trabalho, em confraternizações com trocas de presentes e tudo mais. Conforme a indicação do manobrista, Érico seguiu na direção da rua de cima. Subiu uma imensa escadaria até chegar a um local mais vazio, onde poucos carros passavam. Avistou pequenos prédios e até um teatro. Seu corpo se arrepiava toda vez que uma pessoa se aproximava – mas não era medo não, era a esperança de dar de cara com Domenico.

A caminhada se estendeu por mais de 1 quilômetro e nada de um casarão aparecer. Acabou parando em um boteco, onde homens esperavam o tempo passar bebericando cervejas e beliscando porções. Na televisão ligada e pendurada em uma das paredes, um apresentador bonachão de um telejornal sensacionalista protestava contra as autoridades aos gritos, por conta das centenas de pontos de alagamento por toda a cidade. Mesmo ressabiado por ter aquela gente toda lhe encarando lá dentro, Érico seguiu até o balcão e perguntou a um sujeito magricela que cuidava da chapa:

– Você sabe onde tem um casarão por aqui?

Quase ignorando a pergunta, o homem fez um gesto de negativo com a cabeça. Érico se afastou, cabisbaixo, sob piadinhas estranhas dos clientes um pouco alterados pela bebida:

– Ô, menininho, tá perdido? – um mexeu com ele.

– Onde está a mamãe? – gracejou outro.

O garoto fez de tudo para afastar a ideia de ter fracassado. Da porta do boteco, analisou o horizonte e só encontrou uma extensa rua, mas não era possível saber onde ia dar. Ficou sem saber se continuava ou não. Nesse momento de dúvida, percebeu alguém tocar seu braço. Antes que pudesse reagir, sentiu-se sendo puxado. Foram segundos de desespero.

Quando tentou se desvencilhar, ouviu uma voz conhecida:

— Calma, calma! Sou eu...

Foi quando Érico voltou a si e acreditou que tudo estava conspirando a seu favor:

— Domenico?

— Eu te reconheci — ele disse. — Você é doido mesmo! O que está fazendo por aqui? Cadê sua mãe, seu pai?

Diante dessa última pergunta, seu real desejo era responder que ele tinha acabado de encontrá-lo. Mas seria uma resposta um tanto chocante de dar assim, de surpresa. Era preciso prezar pela cautela.

— Eu vim atrás de você!

— De mim? — e Domenico colocou as mãos no rosto. — Agora mais essa...

— Sim, eu preciso ter uma conversa séria com você.

— Mas o que aconteceu?

— A gente pode ir para um lugar mais reservado?

— Sim, sim...

VINTE E CINCO

Joca lembrava que o antiquário ficava em uma ruazinha próxima ao Teatro Municipal. O ônibus conseguiu ser rápido em sua viagem, escapando do intenso trânsito usando as faixas exclusivas e, em pouco tempo, o garoto já corria pelo centro da cidade. Durante a travessia do Viaduto do Chá, ficou curioso com uma aglomeração de pessoas próximas a um *shopping center* que ali existia. Imaginou que fosse uma apresentação natalina qualquer, como costumava acontecer em diversos pontos da cidade. Talvez aquela gente toda quisesse acompanhar a chegada do Papai Noel ou ser embalada por um coral que cantaria "Jingle Bells" para aliviar o estresse de São Paulo em um dia de tempestade. Algo, porém, começou a chamar a atenção dele: todas as pessoas com as quais cruzava carregavam uma caixa de panetone da marca Sr. Villarino nas mãos. É claro que Joca ligou o produto à pessoa. E foi por isso que ele se embrenhou na multidão para conferir o que estava acontecendo.

Não demorou muito para, entre empurrões e pisões de pé, Joca ver uma gigantesca imagem de Ciça Jones em um *outdoor*. A menina de cabelos vermelhos e sardas no rosto vestia um dólmã de *chef*, segurava uma colher de pau em uma mão e carregava uma caixa de panetone na outra. A propaganda anunciava o lançamento da "Grande Delícia do Natal Brasileiro", ou seja, o panetone criado pela garota no programa *Cozinha aí*.

"Mas eles deveriam ter lançado a minha Torta Portoluna!" — pensou, sentindo-se injustiçado.

Diante daquela situação, o menino se esqueceu por um momento do irmão. Continuou enfrentando o tumulto até chegar perto de uma grade. Ali, na sua frente, estava montado um palco, onde viu Amora Bicudo. Diversos fãs da digital *influencer* gritavam pelo seu nome e eram contidos por uma equipe de seguranças devidamente uniformizada, atenta para impedir que alguém furasse o cerco e conseguisse subir até a famosa.

— Ei, Amora! — Joca começou a chamá-la em vão. Ele apenas queria entender o que estava rolando.

Amora parecia apresentar uma nova edição do programa, só que lá no meio da rua, ao vivo. Uma bancada estava montada no palco, como as que usavam na competição. A apresentadora agitava o público, que correspondia com gritos e aplausos.

— Estamos hoje aqui neste evento exclusivo do Sr. Villarino para celebrar o lançamento do delicioso Panetone do Afeto, uma das receitas vencedoras do programa *Cozinha aí*.

"Uma das receitas vencedoras?" — estranhou Joca. — "Mas só teve uma receita vencedora: a minha!".

Foi quando a moça chamou ao palco o dono da empresa. Sim, ele, o próprio: Bosco Villarino. Usando um de seus exóticos paletós, que já tinham virado sua marca, ele entrou sorridente, acenando para o pessoal. Agradeceu a presença de todos e anunciou a grande atração do evento.

— Estamos muito perto do Natal. É tempo de compaixão e solidariedade. Por isso, convidamos a nossa querida Ciça Jones para ensinar a todos, ao vivo, como se faz o Panetone do Afeto.

Dois imensos telões que estavam ao lado do palco se acenderam e mostraram a menina ainda nos bastidores. Ela deve ter sido pega de surpresa, pois estava com uma cara amarrada, como se estivesse lá a contragosto. Só deu um sorriso e um tchau para a câmera quando recebeu uma cotovelada do pai, Carlo, ao seu lado. Ele sim parecia orgulhoso e realizado com o evento.

Então, Bosco chamou a menina ao palco. No tempo entre ela sumir do telão e aparecer ao vivo diante daquele mundaréu de gente, Joca lembrou-se da última vez que a tinha visto, chorando no camarim dos estúdios da TV Suprema e de tudo o que ela tinha contado a ele.

Entre os aplausos entusiasmados da maior parte dos presentes, o menino foi surpreendido pela revolta de uma senhora que se apertava ali perto:

— Eu quero sentir o sabor da Torta Portoluna! Eu vim aqui para isso! – gritava a tal.

— É... então... eu queria agradecer a presença de todos – falou Ciça, seguindo um texto claramente decorado.

— Conte para nossos convidados o que preparamos para eles! – pediu Bosco, todo alegre.

— Em um dos panetones que estamos distribuindo, colocamos um bilhete premiado – revelou. – Quem o encontrar vai ganhar dois anos de produtos Sr. Villarino de graça!

Quando terminou de contar sobre a promoção, começou o maior empurra-empurra. Todos queriam uma caixa para abrir e verificar se existia o tal bilhete. Joca foi arrastado e, com a força da multidão, acabou caindo no chão. Temeu morrer ali mesmo, pisoteado. Não demorou muito para os seguranças deixarem seus postos próximo às grades e intervirem no tumulto. Logo perceberam que pessoas estavam caídas e tentaram resgatá-las, puxando-as para um lugar seguro. Joca estava desesperado, tentando se proteger, até que foi pego pelo braço e tirado dali.

Quando percebeu, estava deitado em uma área isolada da calçada. Respirava perfeitamente, sentindo até uma brisa bater em seu corpo.

— Ei, eu te conheço! — ouviu.

Joca abriu os olhos.

— Ah, você deve ter me visto na televisão. — explicou, levantando-se. — Eu ganhei o programa *Cozinha aí*.

— Não! Você é o menino para quem eu dei as frutas outro dia...

Joca franziu a testa, forçando sua memória. Não demorou para perceber que estava diante do segurança magrelo, o tal do Sinésio, como pôde confirmar no crachá que ele usava.

— Olha como o mundo é pequeno! — comentou o rapaz. — O pessoal do Empório descobriu o que eu tinha feito e me demitiu. Vim trabalhar neste evento e agora eu estou te salvando.

— Parece que você é mesmo um anjo da guarda — o menino sorriu, sentindo-se protegido. — Por causa de você eu ganhei este programa — disse, apontando a logomarca do *Cozinha aí* impressa na lona que cobria a estrutura do palco. — Fiz uma deliciosa torta com as pitayas silvestres.

— Jura? — disse o segurança, radiante. — Então, você deveria estar lá em cima!

Joca olhou para ele sorrindo e levantou os ombros:

— Teoricamente...

VINTE E SEIS

O casarão realmente existia. Era a última construção localizada em uma vielinha perdida no meio do bairro – ou seja, sem a companhia de Domenico, Érico nunca iria encontrá-lo. Foi para lá que os dois se dirigiram, depois de caminharem pelas ruas molhadas de alguns quarteirões.

Era um imóvel antigo, mas muito bonito. O abandono era aparente. Ao redor da casa, o mato estava crescido e malcuidado. Algumas vidraças quebradas e pichações faziam parte da fachada. Mas, ainda assim, a imaginação do garoto conseguiu vislumbrar no local uma belíssima moradia.

Domenico foi na frente. O portão rangeu ao abrir e, para entrar no lado de dentro da casa, era preciso forçar muito a porta, que estava estar emperrada. Quando conseguiu dar um jeito de abri-la, seguiram pela imensa sala, toda suja e com alguns móveis abandonados. Em um canto, era possível encontrar um colchonete.

—É aqui que ando vivendo, na verdade – revelou Domenico. – A vida tá difícil, sabe?

O menino, porém, tinha facilidade em visualizar aquele salão cheio de mesas, com garçons circulando por elas, trazendo apetitosos pratos para os clientes. Em um suposto balcão, via a mãe – mas uma mãe diferente da que conhecia, com sorriso no rosto e cabelos soltos. Pôde ainda se divertir com uma cena que criou, dele e de Joca brincando no meio de todo mundo e recebendo o pito do pai, que tinha a cara de Domenico. Ele estava arrebatado com sua fabulação.

— É aqui que você pretende abrir seu restaurante, não é? — lembrou-se o menino da confidência que Domenico lhe fizera nos bastidores do programa.

Diante da ingenuidade do pequeno, o homem resistiu em desmentir. Também não deu corda para ele.

— Sim... — respondeu, sem muita paciência. — Bom, garoto, pelo que entendi, você está me perseguindo. Eu preciso saber o que, afinal, você quer comigo.

Érico percebeu que estava sendo colocado contra a parede. Talvez fosse o momento ideal de abrir o jogo. Mas como poderia contar a Domenico sobre sua desconfiança?

— Sabe o que é... — começou. — Meu irmão foi o grande vencedor do *Cozinha aí*. A gente nunca imaginou que isso pudesse acontecer. E nem ter o dinheiro que conseguimos: ele ganhou 10 mil reais, acredita?

Domenico, que estava alheio ao papo do menino, teve sua atenção despertada.

— 10 mil reais? Vocês ganharam 10 mil reais?

— Sim... — continuou o pequeno, entusiasmado. — Acho que, se você voltar para casa, esse dinheiro pode te ajudar a construir seu restaurante.

O sujeito não estava entendendo aonde a conversa do menino iria chegar.

— E poderíamos viver todos juntos... — Érico compartilhou sua vontade, timidamente.

— Todos juntos? Que história é essa? — o outro estranhou. — O que eu tenho a ver com isso?

O menino estava visivelmente emocionado. Tinha chegado a hora de revelar tudo o que andava pensando.

— Eu acho que você, Domenico, é meu pai — revelou. — A única coisa que eu e meu irmão sabemos dele é que nos deixou para ir em busca de seu sonho, que era se tornar *chef* de cozinha. Aí eu te encontrei. Você tem uma história igual. Por isso a minha suspeita.

Domenico estava achando a maior loucura aquela história. Não sabia se ria ou não, de tão absurda que era. Mas, esperto, sacou que podia tirar vantagem dela. Por isso, tratou de fazer uma cara de espanto, simulando certa emoção.

— Será possível? — e, então, acolheu o garoto em um abraço.

— O Joca não vai acreditar!

— Joca?

— Sim, Joca, meu irmão!

— Ah, claro... meu outro filho!

O menino estava radiante, com o sorriso de orelha a orelha.

— Como pode ser possível? Porque é muita coincidência...

— É mesmo, é mesmo.

As histórias tinham, sim, suas coincidências. Tanto que Domenico não conseguiu conter a emoção, só que por um motivo diferente: lembrou-se da filha que tivera com a mulher que fora o amor de sua vida e que um dia o abandonara. Onde ela estaria naquele momento?

— Vem comigo até em casa! O Joca vai ficar feliz em te ver — pediu Érico, que se soltou de Domenico e correu até a porta. — Eu nunca poderia imaginar que te reencontrar seria tão fácil, pai.

Domenico levantou-se e suspirou fundo. Ele iria com o garoto. Caminhou atrás dele, se recompondo.

— É a vida, menino. É a vida...

VINTE E SETE

Quando viu Joca no palco, Bosco teve uma síncope. Seu tique se acentuou e seus olhos quase não paravam abertos. Não acreditou na petulância do garoto. Pediu aos seguranças que o tirassem de lá o quanto antes, acusando-o de invadir o evento. Porém, o menino foi logo reconhecido por uma parte da plateia. Animados com o encontro dos dois finalistas da edição especial do *Cozinha aí*, o público começou a clamar por algo.

— Façam a receita juntos! — pediu alguém.
— Vocês dois têm talento! — gritou outra pessoa.
— Criem um saboroso prato para nosso Natal! — sugeriu uma terceira, evocando a multidão ao redor a fazer o mesmo.

Os fotógrafos que cobriam o evento logo se posicionaram para fazer uma imagem que pudesse estampar cadernos de cultura e gastronomia (ou, quem sabe, *sites* de fofocas) nos próximos dias. Uma emissora de televisão presente também tratou de ser ágil para conseguir um depoimento dos dois. Amora sacou o microfone e tentou desviar o foco, enfatizando a promoção dos bilhetes premiados. Mas a atenção já estava toda voltada para os jovens talentosos.

Carlo, que esperava na beira do palco, entrou em cena desesperado, tentando impedir qualquer registro da filha ao lado do garoto. Mas sua ação foi em vão, porque na máquina de um dos profissionais já podia se ver uma imagem em que a menina, de cara amarrada, dá as costas para o antigo adversário, enquanto ele tenta conversar com ela.

O que aconteceu após aquele *flash* foi que Ciça saiu do palco contrariada e Joca tentou, ao menos, explicar o que estava acontecendo. Não era sua intenção atrapalhar o evento.

– Eu estou cansada de tudo isso! Só quero ser vista pelo meu talento e nada mais. Eu quero ser uma *chef* conhecida por proporcionar boas experiências gastronômicas para as pessoas. Não me importa prêmio, dinheiro ou fama – ela desabafou. – Por que você apareceu aqui, hein? Por quê?

– Foi uma coincidência, Ciça. Eu estava passando... – ele argumentava, quando lembrou-se de um fato, digamos, importante. – Se bem que era meu direito estar aqui, não? Afinal, o prêmio anunciado também seria o lançamento da receita vencedora para a venda. Que, no caso, foi a minha.

– Você foi passado para trás! – ela revelou. – Tudo por conta do maldito contrato que meu pai firmou com aquele terrível Bosco Villarino. Tudo estava previsto desde o começo, Joca! O programa não passava de uma ação de *marketing* para que eu ganhasse, para depois lançarmos o produto. Estava tudo acordado. Mas aconteceu que, inesperadamente, você venceu! Todos ficaram desesperados porque não podiam perder os milhões que já tinham investido na fabricação do panetone...

– Que maluquice é essa?

– É isso mesmo! Tudo ideia do Bosco, que queria apostar nas crianças talentosas neste Natal porque, segundo ele, "criança vende muito" – e ela não parava de vomitar verdades. – Só topei entrar nessa porque exigi que a Dona Madá e o Rúbio Ribas fossem também os jurados. Eu sou fã deles, queria surpreendê-los, ser reconhecida por eles. De repente poderiam abrir portas para mim.

– Nossa!

— Joca, você não sabe o tamanho do meu sonho. Não sabe!

— Desculpa... — ele pediu, pelo fato de ter vencido o programa. — Eu só queria ganhar o prêmio. Ter um dinheirinho para comprar um presente para meu irmão. Somos só ele e eu...

— E seu pai? — surpreendeu-se ela. — Ele não era um super famoso *chef* de cozinha?

— Talvez seja. Mas ele nos deixou quando éramos pequenos. Vivemos com nossa mãe, que teve que viajar neste fim de ano. Agora estamos apenas eu e ele — contou. — Quer dizer, apenas eu... porque ele está desaparecido pela cidade. Eu estou superpreocupado porque meu irmão saiu nessa tempestade sem dizer para aonde ia...

— Meu Deus!

Naquele momento, os dois foram encontrados por Carlo.

— Voltem imediatamente para o palco e finjam uma amizade, um bom relacionamento, sei lá! — ordenou. — Já tem um vídeo amador que alguém filmou aí da rua circulando pelas redes que mostra você, Ciça, rejeitando este moleque. Isso pode arranhar sua imagem!

Ciça ignorou a preocupação do pai e voltou a público, puxando Joca pela mão. Não queria fazer pose, não: seu objetivo era outro. Amora celebrou o retorno da dupla, fez umas gracinhas, mas teve o microfone arrancado de suas mãos pela menina.

— Gente, gente! — e ela pediu a atenção de todos. — Esqueçam tudo, esqueçam este evento! Não vai ter mais receita, não estamos no clima. Tem algo mais importante acontecendo!

Bosco não entendeu o aviso. Correu para interromper a fala da garota, mas foi empurrado por Joca. Ciça continuou:

— O irmão dele está perdido nesta cidade comprometida pelo temporal. Por favor, vamos fazer um mutirão, avisem seus conhecidos. Um dos irmãos Portoluna está desaparecido!

Naquele instante, Carlo puxou Ciça de um lado e o microfone voltou para as mãos de Amora, que tentava contornar a situação. Joca, por sua vez, foi retirado por uma dupla de seguranças truculentos que o jogaria na calçada minutos depois. Naquele instante, ele e Ciça trocaram olhares de agradecimento e entenderam por qual razão eu tinha feito eles se cruzarem.

Foi a última vez que se viram.

VINTE E OITO

Quando deixaram o casarão, a rua estava ainda mais escura. Érico, certo de que estava ao lado do pai, considerou sua proteção. Domenico sentiu-se incomodado quando o corpo do menino se aproximou do seu e recorreu à sua mão para ser conduzido. Desceram até uma área um pouco mais iluminada, onde já havia certa movimentação de pessoas e carros.

— Nós vamos até a nossa casa de ônibus? – perguntou o menino.
— Não... – gaguejou o sujeito. — Meu carro está ali embaixo.

Seguiram os dois até um veículo estacionado na rua. Domenico se aproximou da porta do motorista e pediu a Érico que o esperasse na calçada, do outro lado. O menino obedeceu, mas não entendeu o motivo da demora de Domenico para abrir a porta. Tomou um baita susto quando o alarme começou a tocar estridentemente. O homem também desorientou-se e saiu ali de perto em um pulo, sendo seguido pelo pequeno.

— O que aconteceu? – ele quis saber.
— Acho que me confundi. Aquele não era meu carro... – explicou.

Érico voltou a olhar para trás, conferindo o veículo que Domenico tinha tentado abrir: era cinza. Estranhou o fato de alguém confundir um carro cinza com um verde, que era a cor que tinha o que Domenico havia parado na sequência. Preferiu não questionar, talvez o pai fosse daltônico. Domenico pediu outra vez que o menino ficasse distante, mas daquela vez abriu a porta com mais rapidez. Velozmente, entrou no carro, abriu a porta do passageiro e mandou Érico fazer o mesmo.

— Vem rápido!

Sem que nenhum dos dois tivesse colocado o cinto de segurança, o motorista acelerou cantando pneus. O menino estranhou o motivo da pressa.

— Onde você mora?

— No centro. Perto da região da República.

"OK. Vou pela Consolação" — pensou ele. — "Talvez seja mais rápido de chegar".

O trânsito estava intenso, mas os carros conseguiam se mover lentamente. Érico percebia Domenico inquieto, sempre olhando para os lados, como se tentasse se esconder o tempo todo de algo. Parecia que não queria ser visto. Não falava nada e estava muito agitado. O menino supôs que era por conta da situação que estavam vivendo: afinal, não devia ser nada fácil reencontrar os filhos depois de tanto tempo.

Quando tiveram de parar em um semáforo durante o caminho, ficaram bem perto de uma loja de eletrodomésticos. Na vitrine, inúmeras televisões eram expostas a preço de banana, em uma promoção-relâmpago para o Natal. Não teria nada de especial, não fosse o fato de, nas dezenas de telas, estar a imagem de Joca ao lado de Ciça Jones.

— Nossa! O que meu irmão está fazendo na TV?

Ao ouvir o garoto, Domenico repetiu a pergunta, também querendo uma resposta.

— O que seu irmão está fazendo na TV?

Os dois puderam, então, ler a seguinte legenda no rodapé das telas: "Vencedor de *reality show* procura irmão perdido".

— Coitado dele, pai! — disse o menino, espontaneamente. —

Ele deve estar preocupado comigo!

Domenico meteu a cabeça no volante, desolado.

— Eu devo ter entrado em uma grande enrascada... — balbuciou, antes de perguntar: — É possível a polícia estar atrás de você?

— Eu não sei... eu não sei mesmo!

Então, o sujeito olhou para o horizonte e viu o mar de veículos. Tinha de chegar o mais rápido possível até a casa do garoto. Foi por isso que jogou o carro para o lado e entrou em uma rua seguindo a direção de Higienópolis, em busca de um atalho.

VINTE E NOVE

— Joca? Mano, você está aí?

Érico entrou correndo pela casa, deixando a porta aberta para Domenico entrar em seguida. O sujeito caminhava a passos lentos, ainda reconhecendo o terreno. Reparava em todos os detalhes, a fim de descobrir onde estava o que o havia atraído para o local. Sua ação precisava ser ágil.

O menino percorreu todos os cômodos procurando pelo irmão, mas voltou para a sala desanimado:

— Acho que ele ainda não chegou... — falou. — Você pode esperar um pouco? Eu preciso muito que vocês se conheçam.

— Ah, claro — respondeu o outro, apreensivo. — Onde está a mãe de vocês? Você não me falou nela...

— Mamãe viajou porque nossa avó está doente. Pelo jeito, ela só volta depois do Natal. Estamos sendo cuidados pela nossa vizinha, a Zarifa — ele explicou.

— Ah, sim... — disse Domenico, aliviado. — E é claro que o dinheiro que ganharam está com ela, não é? Fico preocupado de vocês dois sozinhos...

— Não... — o garoto o interrompeu e disse em voz baixa: — O dinheiro está com a gente, pai. O Joca colocou lá no baú de brinquedos no quarto. Não há melhor lugar para esconder, é um lugar que ninguém iria desconfiar.

— É verdade! — respondeu Domenico, com o riso frouxo. — Vocês são muito espertos!

— ÉRICOOOOOOOO! — gritaram lá de fora. Era Joca descendo a rua, desesperado. Ele estava cheio de esperança de encontrá-lo, pois vira as luzes de casa acesas de longe. Érico pôde vê-lo ao se aproximar da janela.

— Espere um pouco, pai! Eu vou segurar o Joca lá fora. Antes do encontro, explico a ele o que está acontecendo. Senão, pode morrer do coração!

Então, saiu rapidamente de casa, deixando Domenico sozinho lá dentro. Érico desceu as escadas e parou Joca no portão.

— Tenho uma surpresa para você, mano! — ele disse, eufórico.

O primogênito de Liana, que soltava fogo pelas ventas, tratou de se acalmar. Segurou a bronca, pois suspeitou de algo.

— A mamãe voltou? — perguntou com o sorriso no rosto.

— Não, muito melhor!

Érico tomou a mão do irmão e puxou-o escadaria acima, conduzindo-o para a sala. Tomou cuidado de não chamar pelo homem como "pai", pois queria revelar a surpresa na hora que estivessem frente a frente.

— Domenico! Domenico! — saiu gritando.

— Quem é Domenico, Érico?

Érico não estava encontrando o homem em lugar algum. Foi ficando preocupado, enquanto Joca insistia em saber o que estava acontecendo.

— Joca... — Érico o encarou com os olhos marejados. — Eu encontrei o papai... Eu encontrei!

O outro fez um negativo com a cabeça e tirou o irmão da frente.

— Érico, você é maluco? Quem é esse cara que você trouxe para casa? — e, então, revelou: — O papai não se chamava Domenico. O nome dele era Hermano...

— Hermano? — chocou-se o menino.

— Érico, que maluquice é essa? Quem você trouxe para casa? — gritava Joca, vasculhando todos os cômodos.

— Mas ele tinha a mesma história do papai... o sonho dele... — dizia confusamente.

O mais velho estava furioso. Não encontrou nenhum vestígio do misterioso visitante. Correu para a janela para ver se ele tinha escapado.

— Olha lá: tem um homem correndo na direção daquele carro verde! — apontou.

Érico se aproximou do irmão, com a primeira lágrima escorrendo em seu rosto.

— É ele...

O menino pôde ver Domenico entrar no carro sem olhar para trás. Como tinha feito da primeira vez, acelerou o máximo que pôde rua acima, sumindo em poucos segundos.

— Por que ele está indo embora outra vez? Por que, Joca?

TRINTA

O carro verde rodou pela cidade por horas e horas sem parar em lugar algum. O trajeto não tinha ponto de chegada. Domenico fitava sempre o horizonte, com as mãos presas no volante e o olhar compenetrado na paisagem, seja ela qual fosse. Talvez fosse sua forma de não encarar o envelope jogado no banco do passageiro, que trazia o dinheiro dos garotos. Ligou o rádio, desejando que uma canção o fizesse se esquecer da imagem que grudara em sua mente: o rosto decepcionado de Érico, que vira pelo retrovisor ao longe quando partiu, enquadrado pela janela.

Nunca antes, depois de uma ação, fora tomado por tal sentimento. Não sabia muito bem classificar qual exatamente era: um misto de tristeza pelo garoto e uma raiva por si mesmo. Arrependimento? Talvez. Se, ao menos, tivesse deixado uma parte do dinheiro para o pobre! Pela primeira vez, depois de tantos anos praticando diversos tipos de golpes, cogitou voltar e se desculpar pelo que tinha feito. Espantou o estranho pensamento cantarolando a letra de um samba triste que falava sobre saudade. Era a música preferida do pai, seu paizinho que tanto o amara. O pai que virara-lhe a cara quando descobrira a índole que tinha — "Filho meu não é bandido!" — dissera uma vez. Domenico não sabia o que era. Apenas tinha se acostumado em fazer aquelas coisas por questão de sobrevivência.

Lembrou-se da filha quando era pequena. Devia ser maior de

idade já, ele pensou, fazendo as contas do tempo que não a via. Desandou a chorar como uma criança. Ele não acreditava no que estava acontecendo, nunca vacilara tanto assim. Só tinha uma saída: acelerou o máximo que pôde, na tentativa de se distanciar daquele que tinha sido o pior de seus atos. Domenico queria, de uma vez por todas, se distanciar de si mesmo. Distanciar dos olhos sonhadores do menino Érico para todo o sempre. Eu posso adiantar aqui que ele nunca conseguiu. Por mais que tentasse apagá-la, aquela imagem ficaria com ele pelo resto de seus dias.

Domenico já estava muito longe, quando o menino e o irmão mais velho perceberam o movimento na rua. Da janela, puderam ver Zarifa estancada na frente da casa dela, sendo amparada pelos vizinhos. Tinha as mãos na cabeça e uma cara de assombro. A dupla desceu correndo e teve a mesma reação ao chegar lá. O estrago era enorme: a casa de Zarifa havia sido tomada pela água. Desesperada, ela deixou as sacolas no chão e avançou para dentro de sua residência, sem medo de enfrentar a inundação que quase chegava na altura de sua cintura. O sofá estava submerso, os pratos que estavam postos na mesa boiavam naquela sujeira, a geladeira só se via pela metade. Mas a grande preocupação da senhora era a gata.

— Astrid, meu amor? Onde você está?

Nem um sinal dela. Nenhum miadinho como os que dava sempre que seu nome era chamado. Joca, instintivamente, adentrou o local, enfrentando o alagamento. Érico foi atrás, sendo encoberto quase até o peito – ficou com muito nojo do tom marrom da água.

— Como isso foi acontecer? – desesperava-se Zarifa. – Astrid, onde está você, meu amor?

Joca não podia falar o que estava pensando, mas imaginou que aquela tinha sido a grande chance da gata, que tanto desejava ganhar o mundo. Naquela situação, Érico pôs-se a lembrar da última vez que saíra daquela casa: antes de partir em busca de Domenico, após ter pesquisado no computador a rota que deveria fazer para chegar ao Bixiga. Gelou: talvez tivesse sido ele quem se esquecera de fechar o portão de chumbo, que garantia a proteção da casa nos dias de temporal. Depois do que tinha feito — sair sozinho em busca de um estranho —, pensou que não deveria mentir ao irmão para não complicar mais a situação. Ele sacou que esconder as coisas poderia deixar tudo pior. Então, arrastou-se para bem perto de Joca e confidenciou:

— Mano, acho que a culpa disso é toda minha. Fui eu quem esqueci de fechar o portão antes de sair.

Joca pegou-lhe pelo braço e foi tirando-o da lamaceira.

— Você não está falando sério!

— Estou sim... fui eu quem esqueci de trancar tudo. Estava tão envolvido em sair para buscar nosso pai...

— Aquele homem não é nosso pai!

— Eu sei, Joca! — choramingava. — Me desculpe!

— Eu até desculpo. Agora, eu acho que a Zarifa é que nunca vai nos perdoar.

Quando conseguiram sair de dentro da água, já na calçada, perceberam que a aglomeração de gente havia aumentado. Mais e mais pessoas chegavam, se solidarizando com a tragédia.

— Eu vi a hora que a gata foi levada pela correnteza — comentou Dona Leontina, apontando em direção ao caminho estreito pelo qual a água corria para o riachinho ali perto. — E a televisão também saiu boiando...

Joca travou ao ouvir aquilo. A irresponsabilidade do irmão levara para sempre as duas grandes paixões de Zarifa. Não era justo com ela, que tanto os ajudou naqueles últimos tempos. Ela, que tanto se dedicou para a vitória dele no *Cozinha aí*. Que tanto afeto dispensou quando mais precisaram.

Pensou, de imediato, que deveriam reparar o erro da forma que fosse:

— Não vai ter jeito: vamos ter que usar a nossa grana para ajudar a Zarifa. Não seria justo se a deixássemos na mão depois do seu vacilo, Érico. – decretou o garoto. – A culpa foi sua!

TRINTA E UM

Pelo quarto, todos os brinquedos espalhados. Se Liana flagrasse aquela cena, certamente faria um escândalo. Mas o motivo da bagunça não era qualquer brincadeira inventada pelos irmãos. Parecia que, de uma hora para outra, o tempo passara e eles tinham crescido, enfrentando um problema de gente grande.

Joca apoiava-se sobre o baú vazio, incrédulo.

— Não está aqui! — ele se desesperou. — O envelope com o dinheiro não está aqui, Érico!

Fora de si, ele se levantou e foi até o irmão. Pegou-lhe pelos ombros, chacoalhando-o. As pernas de Érico começaram a bambear diante da pressão.

— Onde está o nosso dinheiro? — gritava Joca.

— Eu... eu... eu só peguei três notas quando saí... — o outro explicou com o suor escorrendo pela testa. — Eu juro! O resto deixei no mesmo lugar!

O mais velho continuou sua procura em outros cantos do quarto: debaixo da cama, atrás do travesseiro, dentro do guarda-roupa. Apesar da certeza de não ter tirado o envelope do lugar, sua preocupação fez com que embaralhasse as coisas na memória e preferiu se certificar caso estivesse fazendo alguma confusão. Mas a busca foi em vão.

— Será que fomos roubados? — ele falou, querendo não acreditar naquela possibilidade. Depois de pensar um pouco, levou um olhar inquisidor ao irmão. — Você falou sobre o dinheiro para alguém?

Àquela altura, Érico já tinha entendido o que havia acontecido. Caiu em prantos.

— Eu acho que comentei com o Domenico onde estava o dinheiro...

Joca levantou-se perturbado e levou as duas mãos ao rosto. Quando mostrou sua face outra vez, tinha a boca cerrada e o cenho contraído. Logo, fechou as mãos, o que anunciava seu descontrole. Sem entender sua ação involuntária, avançou contra Érico, que colocou os braços na frente para se defender. Naquele instante, antes que pudesse cometer uma loucura, Joca entendeu que estava confundindo os papéis — quase fizera as vezes de um pai decepcionado, dos mais violentos, capaz de encher o filho com safanões. Cessou seu movimento, desabou no chão e começou a chorar. Sempre forte, o garoto se deixou tornar uma criança outra vez. Érico não esperava por aquilo. Ficou paralisado vendo o irmão se estrebuchar e começou a acalmá-lo.

— Não fique assim... Por favor! — ele dizia, tentando levantá-lo do chão. — Joca, se a gente correr alcançamos ele! Eu sei onde ele mora.

O primogênito respirou fundo, tentando se concentrar no que deveriam fazer. Talvez Érico tivesse razão. Uma briga naquele momento não iria resolver nada. Nem chorar. Nem espernear.

— Vamos, então! — ele disse, se recompondo. — Precisamos recuperar o dinheiro que aquele ladrão nos levou!

Sem tempo a perder, os irmãos deixaram o quarto e seguiram rumo à porta da casa. Mas, para a surpresa deles, encontraram um obstáculo no caminho.

— Onde vocês pensam que vão? Agora a brincadeirinha acabou, moleques. Vocês não perdem por esperar!

Era Zarifa.

Mas uma Zarifa que nunca viram antes – nem nos tempos em que a relação entre eles era complicada.

– Eu ouvi tudo o que você, Érico, disse ao seu irmão. Eu sei que foi você!

A tragédia na casa dela fizera com que a lua de mel acabasse definitivamente. E pior: naquele instante, desconfiaram que estavam prestes a passar uma temporada no inferno.

TRINTA E DOIS

Exaustos, os garotos estavam deitados no sofá, ainda bastante sujo com a lama que havia tomado a casa. Os dois observavam Zarifa caminhando de um lado para o outro da sala, segurando o celular na orelha.

— Liana, fica em paz! – dizia, enquanto fitava os dois com seu sorriso mais perverso. — Eles estão ótimos. Vão ficar bem no Natal, mesmo longe de você.

Érico nunca sentira tanto medo de alguém como tinha agora daquela mulher. Ela havia se transformado completamente.

— Agora eu entendo por que a Astrid queria tanto ir embora – cochichou Joca. — Essa mulher é terrível!

— Será que logo surge uma Astrid IV por aí para nos vigiar? – cogitou Érico.

Ao perceber a troca entre os dois, Zarifa apontou para eles, como quem promete uma bronca caso não ficassem calados.

— Não, meu bem, eles estão brincando na rua... – ela continuava a conversa com a mãe dos dois. — Depois peço que te liguem, tá bom? Um beijinho!

Então, ela tirou o telefone do ouvido e checou se a ligação tinha sido mesmo encerrada, a fim de evitar que Liana continuasse ouvindo do outro lado.

— Bom, bom, bom! Acabou o tempo de descanso de vocês! – ela

falou, guardando o aparelho na bolsa, e apontou os utensílios no canto da sala. — Podem pegar de novo o esfregão e o balde para continuar a limpeza. Quero que esta casa fique um brinco o quanto antes.

Érico suspirou profundamente, checando na parede a marca marrom da lama trazida pela água. Por todos os cantos, ainda era possível encontrar vestígios do lixo vindo da rua pela enxurrada.

— A gente vai terminar esta limpeza só no ano que vem! — resmungou.

— Talvez dure mais do que isso — ironizou a dona da casa. — Enquanto Liana não surgir aqui de volta, vocês vão continuar pagando pelo que fizeram.

— E minha avó, está melhor? — quis saber Joca.

— Parece que sim, não entrei em detalhes. — respondeu ela, sem se estender. — Vai, vamos! Não me enrolem! Voltem ao trabalho!

Durante toda aquela tarde dando duro na limpeza, os meninos puderam acompanhar pela janela os preparativos da vizinhança para a festa da noite de Natal. Os amigos de Joca do futebol ajudavam a colocar luzinhas piscantes nas casas. Dona Doralice, por sua vez, ficou responsável por armar um belo presépio feito de sucatas, enquanto outra turma finalizava a árvore de Natal no terreno da casa ao lado.

— Será que a gente vai participar dessa festa? — questionou Érico ao irmão, apontando para fora.

Zarifa, que ouviu a pergunta, riu:

— É claro que não!

— Mas vai todo mundo... — insistiu o menino.

— Menos vocês! — ela foi taxativa. — Ficarão trancados aqui até tudo estar em ordem. Eu não estou sendo má, estou sendo justa!

— E o que você vai falar se alguém perguntar pela gente? — quis saber Joca, esfregando a parede.

— Vou falar que vocês tomaram um ônibus e foram passar o Natal com a mãezinha de vocês! — ela deu a solução. — Simples, não?

TRINTA E TRÊS

Parecia mesmo uma estratégia de vingança. Como dizem por aí, seria cômico se não fosse trágico. Joca encarava o rosto de Ciça Jones estampado na caixa de panetone em cima da mesa. Sua barriga doía muito. Érico também estava completamente empanturrado. Aquele devia ser o sexto ou sétimo que devoravam de tanta fome que estavam. O caçula até ameaçava colocar tudo o que comeu para fora.

— Não reclamem, não reclamem! Eu ainda estou sendo beeem legal, dando de comer para vocês, seus pestes! — falou Zarifa passando por eles, mas sem dar muita atenção. Ela trazia algumas sacolas que tinham sido salvas, pois estavam protegidas no armário do quarto, local onde a água não alcançara. — E este panetone é ótimo! Um dos mais deliciosos que comi nesta vida. Não podia ser diferente, receita de Ciça Jones. Sabe que, no fundo, no fundo, eu sempre torci por ela?

Joca olhou-a com desdém.

— Você vai sair? — quis saber Érico.

— É claro! Hoje é noite de Natal! Acha que vou ficar aqui?

— E nós vamos juntos?

— Lógico que não! Vocês passarão a véspera do Natal aqui mesmo, pensando em tudo de ruim que fizeram nesses últimos dias.

Joca não gostou daquela ideia. Não se segurou e levantou-se da cadeira furioso, encarando-a.

— Você está sendo injusta com a gente! — bradou. — Fizemos você até realizar seu maldito sonho de ir assistir àquele programa de televisão ao vivo. Aconteceu um acidente e a água entrou. Ninguém fez por mal ou de propósito. Você deveria...

— Eu não deveria nada! — ela o interrompeu. — E, para falar bem a verdade, nem deveria estar com vocês aqui. Acho que me devem muito mais do que pensam. Por isso, é melhor que fiquem quietinhos e comportados até eu voltar.

— Bruxa! — gritou o garotinho de óculos ao lado do irmão de maneira espontânea, antes de pedir: — Eu quero a minha mãe!

Joca o acolheu em seus braços, tentando acalmá-lo. Zarifa fez uma fusquinha, desdenhando daquela cena que achou sentimentalista demais. Virou-se de costas e partiu toda arrumada, levando suas sacolas. Abriu a porta lentamente e, quando a trancou pelo lado de fora, sentiu um forte aperto no peito — ela ainda ouvia o choro do menino.

Zarifa não sabia se o que estava fazendo era o correto. Queria mesmo dar um susto nos dois, apenas para que aprendessem uma lição. Ela ficara muito abalada com o sumiço de sua fiel gata e pela falta de sua televisão. Era uma violência com ela.

— Perdoe-me, Menino Jesus! Perdoe-me! — ela balbuciou olhando para o céu, como se estivesse se comunicando com o aniversariante do dia, deixando os garotos para trás, trancados na casa.

E, então, como fazia toda noite de Natal, Zarifa seguiu para bem longe dali. Sentou-se em um ônibus vazio totalmente decorado e por todo o trajeto observou pela janela a celebração das pessoas. Não demorou a chegar a seu destino: uma pequena igreja no bairro do Pari, cuja comunidade já estava à espera da chegada do Papai Noel. Carregava a fantasia do bom velhinho em sua grande sacola. Antes de se vestir e entrar para a comemoração, precisava se recuperar da dor que trazia o quando antes para levar paz e felicidade

147

a quem tanto esperava.

— Eu não acredito que vamos passar a noite do dia 24 trancados aqui! — revoltou-se Érico.

Joca estava inquieto, com muita raiva pelo acontecido. Ele, que tinha imaginado um belíssimo Natal para os dois, sentia um abismo se abrindo debaixo deles. Como podia isso? — perguntava-se. Afinal, tudo indicava que outro caminho seria seguido. Talvez quisesse que eu desse uma resposta, mas eu só posso dizer que as coisas são como devem ser. Tudo tem sua hora, seu momento, e é preciso tirar o aprendizado de cada coisa que passamos.

— Não, não vamos ficar aqui, Érico! — decidiu. — Nós vamos dar um jeito de sair!

Então, percorreu toda a casa querendo achar uma maneira de escapar daquela espécie de cativeiro. Diante da impossibilidade de atravessarem o portão de chumbo, o menino averiguou todas as janelas da casa.

— Acho que, se a gente forçar aqui, ela abre — falou, conferindo a do quarto de Zarifa.

Assim o fez. Quando conseguiram, os dois meninos temeram: era muito alta. E mais, se pulassem dali, teriam que tomar cuidado para não rolar barranco abaixo, até o riacho que, naquele momento, tinha uma correnteza forte.

— Eu não vou! — falou Érico.

— Mas é nossa única chance de sair.

TRINTA E QUATRO

— Você tem certeza de que é aqui, Érico?
— Tenho sim, Joca!
Os irmãos Portoluna estavam diante do casarão abandonado do Bixiga. Eles haviam conseguido saltar a janela com todo o cuidado necessário e, pelo telhado de uma casa vizinha, avançaram para a rua. Livres do aprisionamento, optaram por não ficar na festa da vizinhança, com o temor de darem de cara com Zarifa. Por um momento, ficaram sem saber para aonde ir, afinal, não tinham mais nenhum conhecido na cidade. Foi quando Érico fez um pedido:
— Posso tentar desfazer meu erro?
Joca não entendeu de imediato o que ele quis dizer.
— Podemos ir até o local onde o Domenico vive — falou. — É nossa última chance de conseguir o dinheiro de volta.
O irmão ainda não tinha decantado toda aquela história do roubo do prêmio. Por isso, talvez, acatou a sugestão e lá se foram os meninos.
— O que vamos dizer para o Domenico se ele estiver aí dentro, Joca?
— Vamos falar que o entregaremos para a polícia caso não devolva o que é nosso.
O local estava todo escuro. Joca tomou frente e abriu o portão. Érico tentava se lembrar do modo como Domenico abrira a porta

emperrada, que daria acesso à sala. Joca seguiu as orientações, mas teve de fazer muita força para conseguirem avançar para dentro do salão. Os vestígios do sujeito – o colchonete e as roupas – não estavam mais lá. Porém, observador que era, Érico percebeu que havia mais objetos e móveis na residência do que no dia em que lá estivera pela primeira vez, mas nada comentou com o irmão. Além disso, algumas caixas cheias de tralhas e quinquilharias se empilhavam em um canto. Os dois seguiram caminhando, sendo direcionados pela luz fraca que vinha do lado de fora.

— Acho que nossa viagem foi perdida – comentou Joca. – Parece que não tem ninguém aqui.

Mas um barulho fez com que ele mudasse de ideia naquele mesmo instante.

— Veio lá de cima! – constatou o mais novo, apontando uma escadaria que levava a um segundo pavimento.

Os dois se olharam, questionando-se se deveriam continuar. Como resposta, Joca colocou o pé no primeiro degrau.

— Estou com medo, mano! – falava o caçula, sempre colado no outro.

Joca buscava coragem de onde quer que fosse, porque estava decidido a enfrentar Domenico. O bandido estava com o dinheiro que era deles, somente deles!

Ao chegarem na parte de cima, encontraram um longo corredor com várias portas. Restava seguir a intuição para fazer a escolha e entrar na certa.

— Acho que tem alguém aqui... – sussurrou Joca, apontando para um dos cômodos.

Eles já não tinham mais alternativa: o jeito seria enfrentar o inimigo de uma vez por todas. Então, o mais velho tomou a frente e saltou para dentro do quarto.

— Você está cercado! – gritou, repetindo a frase que os policiais

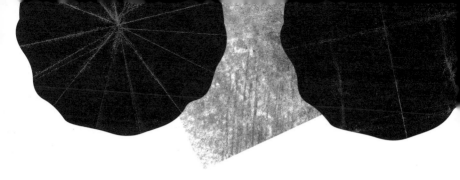

costumavam dizer quando encurralavam um vilão nos filmes.

Existia mesmo uma pessoa lá dentro, que quase enfartou com o susto. Imediatamente, ela acendeu uma luminária, que permitiu que vissem os rostos um dos outros.

– É este o cara, Érico? – quis saber Joca, estranhando a figura.

– Não...

Não era mesmo Domenico quem estava ali. Tratava-se de um senhor de mais de 70 anos, com uma pequena estatura, cabelos e barbas longas brancas, que equilibrava um óculos redondinho na ponta do nariz.

– Quem são vocês? – perguntou.

– Desculpe... estamos procurando um homem que morava aqui – explicou Érico.

– Eu sou o dono desta casa – o sujeito revelou. – Aqui é meu depósito.

O menino não entendeu nada. A informação não batia com o que Domenico lhe dissera.

– Você não conhece um homem alto, com uma barba por fazer, que andava aqui pelas redondezas? – ele perguntou, descrevendo quem procurava.

O senhor riu.

– Deve ser o vigarista.

– Vigarista?

– Sim, muita gente aqui da região tem comentado sobre ele.

Disseram que o meliante andava ocupando minha casa sem a minha autorização e ficava aplicando golpes nas pessoas.

— O Domenico? — desacreditou o caçula.

— Domenico? Este era um dos nomes que usava. Já o chamaram de Raul, Clóvis, Olavo. Vai saber qual é o verdadeiro. Ele dava um nome diferente para cada vítima. Inventava histórias diversas para enganar todo mundo. E ele era bom nisso! Já se passou por ex-aviador da esquadrilha da fumaça, por promessa da Seleção Brasileira de Futebol... E, para um dono de restaurante aqui do bairro, comentou que tinha o sonho de ser *chef* de cozinha! Para outros, suplicava por ajuda, dizendo que estava desempregado. Disseram que ele tinha uma lábia nunca vista, porque todo mundo caía na dele.

Érico ficou envergonhado, porque, pelo jeito, havia sido mais um.

— Quando voltei, há uns dois ou três dias atrás, ele já não estava mais aqui — contou o dono da casa.

"Exatamente no dia em que ele partiu com nosso dinheiro..." — pensou o garoto, que abaixou a cabeça triste.

— Ele nos enganou também — contou Joca.

— Por que existem pessoas assim, hein? — lamentou Érico.

O bom senhor compadeceu da pergunta do menino. Aproximou-se dele e colocou as mãos em seu ombro. Érico sentiu-se bem. Olhou para o rosto dele e só ali se deu conta de que tratava-se de alguém bastante familiar.

— Não sei te explicar, garotinho. Existem pessoas que são assim, mas precisamos entender que na vida as coisas acontecem para que a gente aprenda algo. Os caminhos podem nos surpreender. E, lembre-se, quando uma porta se fecha, muitas outras podem se abrir.

Ele logo notou a tristeza dos meninos. Pensou que, naquela noite de Natal, podia lhes fazer uma surpresa. Então, pediu que os dois lhe acompanhassem até o piso debaixo. O trio desceu as escadas e voltou para o salão principal. O senhor buscou um interruptor, acendendo as luzes, que clarearam o ambiente. Foi quando os garotos puderam ver que a sala tinha mais coisas do que imaginavam: estava tomada por um grande acervo de móveis e objetos antigos.

— Podem fuçar à vontade. Vejam se tem alguma coisa que interessa e peguem para vocês. É meu presente de Natal.

Uma alegria. Era apenas daquilo que os pequenos precisavam naquela noite. Sem pestanejar, correram para vasculhar tudo e reviraram as caixas em busca de algo que lhes fizesse feliz.

Joca encontrou uma belíssima agenda de capa dura, com uma estampa de alimentos. Algo fez com se conectasse com o objeto. Perguntou ao velho se podia ficar com ela.

— É claro! — ele respondeu, procurando o outro pela bagunça. — E seu irmão, já decidiu o que vai levar?

Os dois, então, ouviram a voz de Érico distante. Ele estava escondido atrás de um sofá coberto por um lençol, onde também existiam mais caixas.

— Eu não acredito! — e quando surgiu na vista deles mostrou o que tinha em mãos. — É o globo terrestre!

O coração de Joca acelerou com a coincidência.

— É exatamente aquele que você viu no antiquário...

O senhor, ouvindo a conversa, revelou:

— Ah, sim. Eu tenho um antiquário no centro da cidade. Aqui é meu depósito. Venho de tempos em tempos arrumar as coisas, por isso o casarão passa meses abandonado. Trouxe agora estas caixas com produtos que estavam encalhados por lá. Vou trocar com outros vendedores, ver se eles se interessam — contou. — Este globo é tão lindo. Nunca entendi por que ninguém quis ele...

— Eu quero! — falou o menino.

— Então é seu! — decretou o homem. — Ele devia estar esperando você encontrá-lo.

Foi algo realmente mágico. É o que dizem as pessoas quando não entendem muito bem do que sou capaz. Dessa maneira, a noite de Natal de Joca e Érico estava ganha. Realizados, os dois agradeceram o senhor e deixaram o casarão para voltar a tempo até a casa de Zarifa, antes que ela descobrisse a fuga. Despediram-se do sujeito, que acenou do portão:

— Feliz Natal, meninos! Feliz Natal!

TRINTA E CINCO

— Mano, como será que este globo veio parar nas suas mãos? – disse Joca, sem entender o que havia acontecido.

— Eu não sei, eu não sei... – repetia Érico, embasbacado.

A verdade é que algumas coisas não têm mesmo explicação. As pessoas até buscam sentido na maior parte dos acontecimentos que ocorrem na vida delas, mas o fato é que tudo tem uma ordem, tem uma função. Talvez seja este meu papel: organizar tudo como eu acredito que seja melhor para elas. Por isso senti uma imensa emoção ao acompanhar Joca e Érico naquela noite. Pelas ruas do Bixiga, eles seguiram tentando encontrar um ônibus que os levasse de volta para casa. Estavam plenos, cada qual segurando o presente que a vida tinha lhes dado naquele Natal iluminado.

Joca encarava o belíssimo caderninho, imaginando tantos sonhos que podia escrever ali. Sonhos? Sim. Àquela altura, era capaz de acreditar nisso. Érico conferia no globo em seu colo o nome dos países e de suas capitais, dos oceanos, dos continentes. Alguma coisa ainda lhe dizia que a busca havia apenas começado. Mas não teria coragem de dividir tal sentimento com o irmão naquele momento – muito menos a estranha sensação de que, mais do que nunca, o pai estava muito, muito perto.

Só sei que, como já falei, eu, o destino, acabo dando o tom da vida de todos, seguindo minha intuição. É assim que promovo os encontros e desencontros que ouvimos por aí. É conforme o que o coração das pessoas pede que movimento os mares, coordeno o tempo e oriento a direção dos ventos, que trazem e levam tudo. O que resta a cada um é saber velejar conforme meu sopro. E, entre brisas, vendavais, calmarias e temporais, naquela ruazinha onde os irmãos Portoluna sumiam no horizonte, uma gata passeava em cima de um muro, livre e feliz. Ela reconhecera os meninos. Miou para chamá-los, mas não teve resposta. Saltou de onde estava e caiu perto de um monte de lixo espalhado na calçada. Uma de suas pernas dianteiras pisou na fotografia de um homem sorridente que estava estampada em uma página de jornal esquecida ali no chão. Ajeitou-se e deitou em cima da notícia. Evidentemente, Astrid III não sabia ler. Por isso, ignorou que aquele monte de letrinhas contava sobre um renomado *chef* de cozinha, famoso em todo o mundo, que anunciava a abertura de seu primeiro restaurante na cidade.

Hermano era o nome dele.

Caio Tozzi

Sou escritor, roteirista e jornalista. Nasci em São Paulo em 1984 e, sendo filho único, a ficção se tornou uma grande companheira na infância. Desenhar, ler, escrever e criar histórias eram minhas grandes diversões. Na juventude, comecei a colocar no papel as ideias para os primeiros exercícios literários. Me formei em jornalismo na faculdade, mas ao longo de minha trajetória profissional expandi meus horizontes para áreas como publicidade, audiovisual e teatro.

A literatura surgiu como um lindo caminho na minha jornada. Comecei escrevendo contos e crônicas, mas foram os livros para os jovens leitores que se tornaram minha grande paixão. Além de *Jovens Chefs: o incrível destino dos irmãos Portoluna*, tenho publicado para este público títulos como *Tito Bang!*, *Procura-se Zapata*, *Fabulosa Mani*, *Super-Ulisses*, entre outros. E, cada vez mais interessado em investigar o universo das histórias para pré-adolescentes e adolescentes, criei o *podcast #Mochila*, que traz diversas conversas sobre o tema.

Este livro foi composto por
Stone Humanist e Coffee Service.